自閉っ子的
心身安定生活！

藤家寛子
×
浅見淳子

花風社

自閉っ子的　心身安定生活！

自閉っ子的　心身安定生活！　目次

まえがき〈花風社　浅見淳子〉 6

自閉っ子は進むよ 9

「働くのは無理なんじゃないか」と思っていたこと 29

うつとの長い戦いを乗り越える 33

大きな賭け 34／心理面での支援を受けても 37／高校のときから保健室組 38／定型発達の子の本音の例 39／受け入れが早いのがよかった 40／休んじゃいけないと思って保健室登校になった 41／大学生になってからの挫折 43／一人暮らしの大変さ 44／家を出ても治らなかったうつ 45／そもそも学校がきつかった理由 49／大学時代のいいところとつらいところ 50／大学中退したあとのうつ 53／家族ともうまくいかない 55／自閉っ子なりの「愛されたい願望」 57／シナリオのある世界観 59／外に出る勇気 62／うつってどういう感じがするの？ 65／励ましはほしいか？ 69／うつの間は自立できない 70

「自立」の難しさを乗り越えられた理由 73

最後は自分の力しかない 74／怒りと闘志 76／正常にならなくてもいい 79／住まい選びのコツ 81／就労支援プログラムに挑戦した理由 83／自立の必要を自分で感じなければ自立できない 85／自立の意味を教えてほしい 86／自立の定義を教えてもらってうまくいった 88／体力づくり 93／好循環が始まった 95／やることがないと自立できない 97／地域資源を上手に使い分ける 100／やることを教えてくれ 104／自分でやることを見つけるのは難しい 105／作業と目標を持つことが大事 107

セルフ・エスティームを保つためには 109

「ほめられる」っていうことについて 110／セルフ・エスティームを高める方法 115／「できなかったことができるようになる」ことが自信になる 117／他人の成功と折り合いをつける 121／まっとうなセルフ・エスティーム 122／嫉妬する人しない人 127／「心地よい疲れ」を覚えた 128／他人からの評価に慣れる 130

家族に思いやりがもてるようになった理由 135

人には人の都合がある 136／家族は備品じゃないんだ 139／家族が腫れ物扱いをやめてくれたのは助かった 143／家族じゅうのスケジュールを見えるようにした 147／どうして忠告を受け入れられたか？ 149／家族の理解が得られた理由 151

心身を安定させるため、自分に言い聞かせていること 153

過集中型脳みその付き合い方 159／友だちづくり 162／ナチュラルサポート 164／先行投資の大切さ 165／他人を批判しなくなった 170／週五日通勤は、気持ちをラクにする 172／藤家さんのいいところ 174／ニキさんの本から学んだもの 176／社会は厳しいけど怖いものじゃない 180／困らな感 181

ほしい支援、いらない支援 183

あとがき〈花風社　浅見淳子〉189

まえがき

花風社　浅見淳子

藤家寛子さん（愛称・ちゅん平さん）とのおつきあいは、もう六年になります。早いものです。

花風社に原稿を持ち込み、出版が決まり、何度か上京してくれました。二人でプロモーションで方々に行くうちに、「なんて弱い人だろう」と思うようになったのを、昨日のことのように思い出します。とにかく私の人生では初めて出会ったくらい弱い人でした。

どこが？

身体と、そして心がです。

まず、食事がほとんど食べられない。偏食の上に少食で、その結果としてスタミナがありません。それに加えて過敏性を抱え、街を歩いても音や匂いに圧倒されてしまいます。こういう身体条件を抱えているのですから、当然世の中は怖いものだらけ。人が来るとパッと飛び立つスズメになぞらえて、自ら「ちゅん平」と名乗るのも理解できます。

感覚だけではなく、運動の能力にも問題を抱えていたのか、自分で「右、左、右、左」と

脳内号令をかけなければ、歩行ですら困難です。その結果ぐったり疲れて、精神的にもうつになりやすく、落ち込むのを避けるには、睡眠も長く取る必要がありました。

社会人に向かないな、と思ったものです。

ところがちゅん平さん、がんばりやなのです。

外に出るだけで疲れるし、苦手な季節も多いのに、社会とのつながりを求めていたのです。自分で模索し、努力していたのです。

その手がかりとして都会暮らしを試みました。数回の上京を経て様子がわかったのか、自分でアパートを探し、意気揚々と上京しました。

けれどもこれは失敗に終わりました。

生活管理（とくに食事の管理）ができないことから、体調を大きく崩し、結果として心も崩れて、迎えに来たご両親に連れられ、故郷に帰りました。その後しばらくして会いに行って見ると、体重は三十キロ台まで落ち、生きているのがやっとという状態でした。

その間にも私は、障害者枠での就労状況の取材を続けていました。

発達障害の人も障害者枠で就職できる道が整いつつある中で、よい成果を上げている人もいましたが、企業の求める条件は「心身が安定していること」「週に五日勤務できること」。

ちゅん平さんのような人は最初からはじかれているのかしら、と思ったものです。

ところが現在、そのちゅん平さんが「自ら求めて」週に五日の勤務に挑戦しています。パニック障害・うつ・引きこもり・虚弱体質を乗り越えて。苦手な季節もきちんと体調管理をし、週に五日外に出ています。

ずっと姉のような気持ちでちゅん平さんを見守ってきた私にしてみると、これは奇跡です。こんな日が来るなんて、夢のようです。何がこれを可能にしたのでしょうか？

実を言うと「何がこれを可能にしたのか」は、私の予想と違っていました。皆さんの予想とも、もしかしたら違っているかもしれません。

引きこもっている方、二次障害で苦しんで、もう一生このままだと思っているかもしれないという人を身内に持っている方々、まだまだ希望はあります。不登校していたって、社会人にはなれます。でもそのためには応援する私たちが、当事者の回復体験から学ぶ必要があります。

それぞれの立場で何ができるか、一緒に学ぶためにこの本を作りました。さあどうぞ、ページをめくってみてください！

自閉っ子は進むよ

最近、私の朝は、七時きっかりに始まる。

それも毎日だ。

起きたら洗面をすませ、朝食をとる。

そのあとは、掃除と洗濯だ。

monobright のＣＤを一枚聴き終わる頃には、化粧をし始める。

窓の外からは、朝日がキラキラと部屋に入り込み、今日も一日頑張ろうという気になる。

爽やかな風が吹いていて、私は深呼吸をした。


待ち合わせは近くのファミリーマート。

アパートから十分の距離にあって、朝の軽いウォーキングを兼ねている。

昼ご飯は、ツナマヨおにぎりとハムチーズパン。

おやつは無印良品のコーンフレークチョコレートが定番だ。

送迎の車が来るまで四、五分間。
私はオレンジジュースを飲みながら、N子さんがいつもの笑顔で迎えてくれるのを待っている。

この頃の私は、毎日が楽しく、充実している。
身体はいたって健康だし、情緒も安定している。
それに、自分でも強くなったと実感することがたくさんある。

送迎の車が到着した。
私はドアに駆け寄り、元気よく開けると、「おはようございます」と言った。
今日も一日が始まる。
作業所での楽しい一日が。
私は今年の四月から、就労継続支援をしてくれる作業所に通っている。

＊　＊　＊　＊　＊

その前の一年間。

私は障害者職業センターに通っていた。

そこでは、休職中の人がリワーク・プログラムを受けていた。

通常三ヶ月のプログラムの中には、脳トレーニングやパソコン訓練、グループミーティングなどがある。

要するに、仕事を休んでいる間でも、スキルを落とさないように努めたり、社会性を欠かないようにするためのプログラムが用意されているわけだ。

朝は念入りに健康チェックが行われる。

通ってくる人は必ず日誌をつけるようになっていて、前日までの出来事を丹念にチェックする。


障害者職業センターには、カウンセラーが一人、アシスタントが二人いらした。

カウンセラーではないアシスタントの人たちも、親切丁寧な対応をして下さり、的確な指摘を下さった。

それが終わると、今度は十分間のビデオ体操と、十五分ちょっとのウォーキングだ。

近くを流れる川沿い、桜並木の道を早足で歩いていく。

私が通っていた頃は、九人もの人がいて、リワーク室はパンク寸前だった。

ウォーキングから戻ると、各々、自分の課題をこなしていくことになっていた。

＊　＊　＊　＊　＊

私は職業安定所のホームページでこの施設を見つけた。

最初は職業訓練所のようなものを想像していた。

電話をかけると、担当のカウンセラーさんが決まり、とりあえず面接を受けることになった。

その頃、私はまだまだうつ病から完全に立ち直っていなかった。

でも、新しく何かに打ち込める環境を作ることで、どうしても這い上がりたかった。

面接を受け、最初に紹介されたのは、敷地内に別棟で建っているワーク・トレーニング社という模擬会社だった。

ここは完全に会社仕様の空間で、もちろん私語は一切禁止。

会社内での態度を教えてもらったり、作業の正確さを求められたりするところだった。
主な作業は、ボールペン作業。
ナットの袋詰めと分別。
掃除のやり方を習っている人もいた。

私は体力をつけたかったので、ボールペン作業を希望した。
その日は、二時間立ちっ放しで、千本近くのボールペンを分解した。
とりあえず、やりきった。
係長に、初めてにしては上出来だとほめられた。
当然だ。
自分の体力の具合も考えず、全力で頑張ったもの。

その日、家に帰った私は、メニエール病になってしまった。
よく考えれば、目を使う細かい作業だったからかもしれない。
あれだけ楽しかった作業なのに、夜にはすっかり嫌になっていた。

もうやりたくない。

おえ、吐きそう。

私はせっかく見つけた支援の場を手放したくなくて必死だったが、翌日は絶対に行けそうもなかった。

帰り際、とても楽しかったと大口をたたいたので、電話するのが恥ずかしくなり、母に電話をしてもらった。

すると、他にも手立てがあるから、また来てくださいとのことだった。

その後、紹介されたのが、休職中の人が通う、リワーク・プログラムだった。

＊　＊　＊　＊

そこでは主に、事務課題やパソコンを使った作業を行っていた。

当然座ってできる。

アシスタントのFさんとYさんが健康チェックやカウンセリングを行ってくれて、雰囲気は保健室のようだった。

ここなら、うまくやっていけるかもしれない。

私はそう思った。


すでに三人の男性が、プログラムを実践中だった。

私は休職中でもないのに、リワークと名のつくものを受けていいのかどうか戸惑った。

そして、週に三日間という日数もそのときの身体にはきつかった。

そこで、私は一日だけ、男性陣とは別室でプログラムを受けることにした。

＊　＊　＊　＊

センターは佐賀市内にあったが、私はうつがひどいため、県内でも離れたところにある実家で生活をしていた。

だから、センターに通う前日にアパートに戻り、宿泊するようにしていた。

こうして私は、新しい目標を決めた。

いずれはセンターに三日間通い、アパートで一人暮らしができるようにすることだ。

父や母に話すと、少しは安心してくれた。

年をとってきた両親は、前のように何から何まで私の世話をすることができなくなってきた。

そして、自立することを心から願っていたのだ。

だから、心の準備ができたらいつでも自立訓練に入れるように、アパートを無人のままで借り続けていたのだった。

それが役に立つときが来た。

＊　＊　＊　＊　＊

様子見に一ヶ月ほど試験的に通ってみた。

この間にカウンセラーのN先生は私の適性を探ってくれた。

その時点で私がやっていたのは、脳トレと塗り絵だった。

態度に問題はなし。

やる気もあり、うつ状態にもない。

問題は体力！

さすがプロだ。

私の一番の問題をずばり指摘された。

まぁ、一ヶ月適性を見るまでもなく、初日に倒れているのだからバレバレではあったけど。

とにかく、私に必要なのは、自立より先に、体力をつけることだと言われた。


翌月から、正式にリワーク・プログラムに参加することになった。

まずは週に一日。

前日は佐賀市のアパートに泊まる。

作業をして実家に帰る。

私の自立のために協力したいと、父が毎回送り迎えをしてくれた。

＊　＊　＊　＊　＊

時を同じくして、私は以前より運動をするようになった。

体力をつけることも目的だったが、私は過食で太った体をもとに戻さなければならなかった。

太ったままだと膝が痛くてどうにも動けない。

バランス感覚も鈍くなっていた。


こうして、以前より健康的な日々を過ごすことになっていった。

頭を少し使い、体を動かすこと。

これが、健康には一番いいらしかった。

確かに、ただカウンセリングを繰り返していた時よりも、ずっと気持ちがよかった。

私に必要だったのは、何かに熱中することだったのだ。

やることができたのは、大きな変化だった。

＊　＊　＊　＊

自立のためにアパートを借り続けるのには、年金が役立った。

障害者手帳を取得し、年金が下りるようになったので、それで家賃はまかなった。

私は週一回のセンター通いを続けながら、徐々に体と心をならしていった。

週二回通えるようになるまで、ゆうに半年はかかった。

でも、そこから週三回になるのに要した時間は、かなり短かった。


私は週五日、一人暮らしを始めることにした。

自分の好きなだけ家で英気を養い、親に甘え、もう頃合だと思えるようになる時を待っていた。

自分で決断を下したからか、それまでの、どの自立訓練よりもスムーズにことが運んだ。

おまけに、今度のアパートは、今までのどれよりも気に入っている物件だった。


風呂掃除やトイレ掃除などは、問題なくできた。

部屋の掃除も洗濯も可能だった。

買い出しにも、定期的に出かけることができた。

問題は、ご飯が作れないことだけだ。

以前はあまり食に興味がなかったが、元気になった今、話はまったく違ってくる。

世の中は美味しいものであふれていて、私は食べることが大好きになった。

薬の副作用と、大きなストレスのために過食になった私は、十三キロも太り、飛べないスズメになりかけた。

今は健康体重を維持しているが、油断すると、つい食べ物に手が伸びてしまう。

そういうわけで、以前のように、食べ物がなければ食べなくていいやというわけにはいかなくなった。

しかし、私はそれも何とかクリアした。

料理が苦手で一人暮らしができない人に、ぜひ参考にして欲しいのが、宅配食事サービスだ。

私は食事を宅配してもらうサービスを利用することで、難なく一人暮らしを維持できるようになった。

＊　＊　＊　＊　＊

週三回の通所になれてきた頃、私はワーク・トレーニング社でのボールペン作業を再開することにした。

それまで培った体力のおかげで、二時間立っていても倒れなくなった。

私は確実に強くなっていた。


ふと気付くと、一年近くが経とうとしていた。

リワーク・プログラムは確か三ヶ月の期限だったはず。

実は、カウンセラーの先生が上司にかけあい、期限を最大限に延ばしていてくださったのだ。

先生はアスペルガー症候群の勉強を続けていてくださった。

その頃にはもう、ずいぶん私の特性を理解してもらっていた。

さらに、先生は内緒で私の講演会も聴きに来てくださっていた。


ここまで元気になったのは、私一人の力じゃない。

その力を、何とかもうひとつステップアップにつなげたい。

そう思っていたのは、私一人じゃなかった。

ある日の個人面談で、私は本当に一般就職がしたいのかどうか尋ねられた。

実を言うと、それだけの自信がなかった。

通所中に受けたパン屋の面接では落ちる。

パソコンの資格も何もなし。

今更、簿記なんて勉強したいわけもない。

＊　＊　＊　＊　＊

すると先生は、地域の生活相談支援員の人と協力して働けるところを探そうとおっしゃった。

一般就労ではないけれど、働ける場所。

そう、就労継続支援B型の作業所を探そうと。

一週間後には、センターに相談員さんが来てくれた。

私の特性からして候補は二ヶ所。

一ヶ所は就労移行支援のＮＰＯ法人。

もう一ヶ所が今通っている作業所だった。


数日後、私は相談員さんと一緒に、見学に行った。

就労移行支援の施設は、二年で就職してしまわなければいけず、何だか慌しいムードだった。どちらかというと、オフィスに近い感じがした。

一方、今通っている作業所の方はのんびりしていて、作業も単調な繰り返し。

車のライトの部品を作ったり、箱折りをしたり、私にもすぐにできそうな内容だった。


就職を目指そうと思ったら、パソコン検定や簿記の資格を取る選択肢もあったと思う。

実際、就労移行支援をしている一ヶ所目は、そういう内容の会社で、早ければ数ヶ月のうちに就職していく人もいるらしかった。

でも、そこでやっていく自信はなかった。

ここで背伸びをしても、いざ就職になった時、また情緒不安定になるのではないかとい

う不安があった。

体力がついてから、あまり情緒がぶれることがなくなっていた。
私は冷静に考えて、就労継続支援B型の施設を選ぶことにした。
やっていけるかどうかが最優先だった。

翌週から、私は一週間、作業所で体験実習をした。
人数は十数人。
プレハブ作りの建物の中には、ずらりと机が並んでいた。
みんな、思い思いのところにひざを崩し、指示された作業をしていた。
私は車の部品作りをすることになった。

部品は二種類。
いくつもパーツがあり、ひとつの部品を完璧に仕上げるために、流れ作業で行われていた。

私はその日、ゴムパッキンをはめる仕事をした。
多い時には一日に千個の部品を仕上げたりする。
黙々と集中できるその作業は、とても私に向いていた。

二日目は箱折りの体験をした。
紙が柔らかいので、何枚か破ってしまった。
これはあまり向いていないなと思った。
次の日は、また車の部品を作った。
今度は銅線をはめ込む作業だった。

その翌日は、指導員の人から、車のライトの部品の全行程を教えてもらった。
これで、何が回ってきても一応できる。
安心したのか、少し眠たくなった。
作業所は朝の十時から、三時までで、お茶の時間が二回に分けてある。
みんな親切で、私はここでうまくやっていけそうだと思った。

私は週五日間通うことにした。

それまでのセンター通いで体力がついていたので、一週間通しで通所できる自信があった。

そして、土日で疲れを取ってしまう。

そういうサイクルで体を慣らしていく方法をとることにした。

両親はとにかく喜んだ。

一年前までうつ病で心配をかけていたとは思えない元気な姿に、もろ手を挙げて応援してくれていた。


センターでの最後の一週間が始まった。

私は作業所に通うための手続きや、ボールペン作業で忙しい毎日を過ごした。

この頃には二時間で千本以上のボールペンを分解できるようになっていた。

作業療法の中に、手先を動かす作業が効果的とあったが、ボールペン作業はそれにうってつけだった。

こうして、私は作業所に通うことになった。
今日もきっかり七時に私の朝は始まった。

「働くのは無理なんじゃないか」と思っていたこと

藤家 これ（編注：三十二ページ）が職業センターに通っていたころに作ってもらったストレス対処法マニュアルです。

花風社・浅見 はあ、これはすごいですね。よくちゅん平さんの特徴を捉えているし、センターに通う前から自分で編み出したストレス・不安解消法も採り入れてくれていますね。アロマとか。

はい。

そこに新しいアイデアを付け加えて、わかりやすいフォーマットにまとめてくれているんですね。こうすると視覚的にわかりやすいし、ストレスを感じたときに思い出すのも簡単になりますね。

職業支援センターにつながって、本当によかったですね。

はい。カウンセラーの方は一人で、あとはアシスタントの方たちなんですけど、と

ても助かりました。こういう風に、ストレスの対処法を作りましょうとか、アイデアもたくさん出してくださって。

ちゅん平さんは本当に掛け値なしの虚弱な人だったでしたものね。私も最初はその弱さの程度がわからなくて、「これくらい大丈夫だろう」と思い込んで、ずいぶん無理をさせてしまって申し訳ないなと思ったことが何度もあります。

弱さに気がついたら逆に、怖くなってしまった時期もありました。この人は「働く」っていうのは無理なんじゃないかと思った時期もありました。

でも就労支援を受けるようになって、本当に見違えるほど丈夫になりました。情緒的にも安定しましたね。

実は私「こんないいことは続かないんじゃないか」ってずっとビクビクしていて、九州に低気圧とか、大雨とか、そういう情報が入ってくるたびに「今度こそ調子を崩しているのではないか」とか心配してきたんです。

それにいつも調子を崩す年度の切り替えとかは、やはり遠くから心配しているし、暑くなってきたりすると「さすがにこれは乗り切れないだろう」とか、心配ばかりしていたんです。

でもその心配をちゅん平さんはいい意味で裏切り続けてくれて、うれしいです。
週五日通勤することになったって聞いたときには、腰を抜かすほどびっくりしました。
それで訊きたいのはね、うつとの戦いなんです。
これまで高校時代とか、大学時代とか、今ひとつ社会との接触が持ちにくかったのは、うつなど、自閉症以外の二次障害の影響が大きいですよね。

大きいです。

だから、一から聞かせてください。

はい。

ストレスの対処方法マニュアル

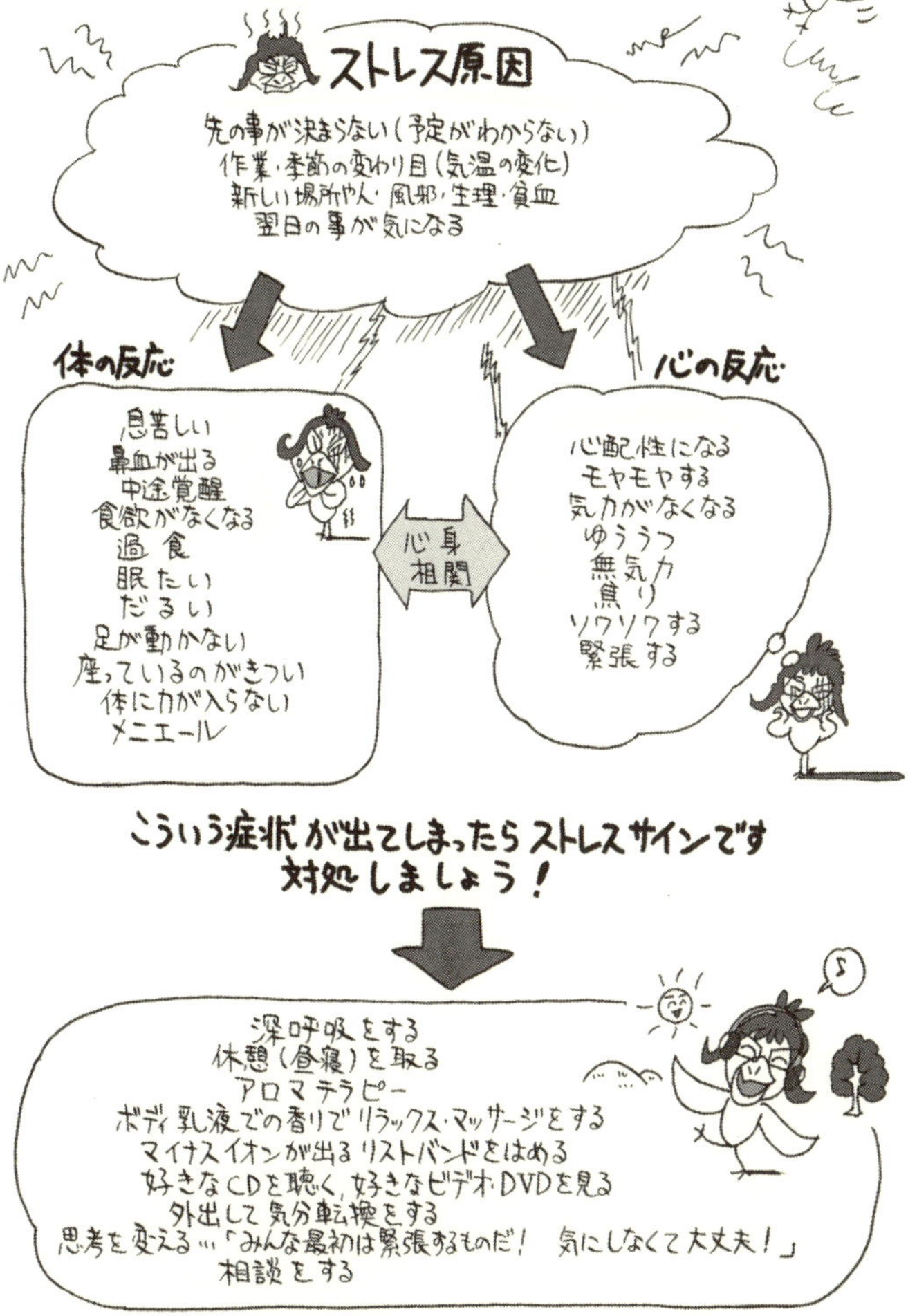
ストレス原因
先の事が決まらない（予定がわからない）
作業・季節の変わり目（気温の変化）
新しい場所や人・風邪・生理・貧血
翌日の事が気になる
体の反応
息苦しい
鼻血が出る
中途覚醒
食欲がなくなる
過食
眠たい
だるい
足が動かない
座っているのがきつい
体に力が入らない
メニエール
心身相関
心の反応
心配性になる
モヤモヤする
気力がなくなる
ゆううつ
無気力
焦り
ソワソワする
緊張する
こういう症状が出てしまったらストレスサインです
対処しましょう！
深呼吸をする
休憩（昼寝）を取る
アロマテラピー
ボディ乳液での香りでリラックス・マッサージをする
マイナスイオンが出るリストバンドをはめる
好きなCDを聴く，好きなビデオ・DVDを見る
外出して気分転換をする
思考を変える…「みんな最初は緊張するものだ！　気にしなくて大丈夫！」
相談をする

うつとの長い戦いを乗り越える

大きな賭け

二年前の暮れ。

私はひどいうつの状態にあった。

支援プログラムで始まった完全自立生活に適応できなかった私は、その手前で起こした引越しの失敗も手伝って、完全なる引きこもりになっていた。


いったい、何回失敗すれば物事がうまく運ぶようになるのだろう?

失敗は成功のもとと自分に言い聞かせてはきたが、こうも続くと気が滅入る。

家に帰りたい。

両親に甘えたい。

具合が悪い私は、いつもそんなことばかり考えていた。

週に一度のカウンセリングも、何だか億劫になっていた。

毎週、同じことの繰り返し。

果たして、今の自分に何の効果があるんだろうか？

一歩も進めない現状が、とても腹立たしくてたまらなかった。


私はだんだん、カウンセリングに行かなくなった。

誰にも会いたくなかった。

こうなっては、いくら優秀な支援組織にお世話になっていても、意味のない毎日になってしまう。

頭の中は、支援にかかる費用のことでいっぱいだった。


何度も引越しをしていたので、印税の貯金が残り少なかった。

障害者年金をもらうようになったが、それだけではひと月生活していくのでやっとのこと。

毎月、支援にかかるお金を、私は両親に負担してもらっていた。

だからこそ、何の発展もないここ数ヶ月の自分に、腹立たしささえ感じていた。

日本でも指折りの自閉症のエキスパートをセンター長にかかげる支援組織に身を置きながら、センターをやめようと思うなんて。

私はきっと、日本一ワガママなクライアントに違いない。

でも、これ以上提供されるプログラムでやっていく自信はなかった。


私は年明け早々、支援プログラムを抜けることを決意した。

自分ひとりで何ができるかわからない。

でも、カウンセリングを受けるだけよりも、独り立ちして何かを見つけるほうが自分に合っていると思った。

それは、大きな賭けだった。

しかし、それを決めた瞬間、胸につかえていた大きな石ころが、音を立てて動いた気がした。

心理面での支援を受けても

ちゅん平さんは、就労支援を受ける直前までうつだったんですね。自閉症に特化した心理面の支援はばっちりと受けていたのに。

そうです。

本を出した後、調子がいい時も、悪い時もありましたね。自閉症に特化した支援を受けるようになって、本当に調子がいい時期もあったんですけど、やはりカウンセリング中心だと「自立生活」という面ではうまくいかなかったんですかね？

はい。

難しいですね、気分や体調を安定させるのは。それではうつ・二次障害との戦いについて、一から伺いましょう。

高校のときから保健室組

私自身がちゅん平さんとお付き合いができたのは、二〇〇三年の暮れごろ、デビュー作『他の誰かになりたかった』の原稿を持ち込んできてくれたときからですね。
そのときの原稿にも書いてあったけど、わりと高校のときからもう精神面のコンディションを崩しがちだったんですよね？　解離性障害とかうつとか。

はい、もう弱かったです。

ですよね。精神科は高校のときから通っていたんですもんね。そして、身体も弱かったんですよね。いわゆる「保健室組」だったという感じですね。

はい。そうです。

今、保健室組の子は増えているんでしょう。すごく多くなってきたのに、そういう子がどうやって立ち直るかがわからない人が多いんじゃないかと思うんです。だからちゅん平さんの体験を聞かせてほしいんです。

定型発達の子の本音の例

とは言っても私自身、学校が好きだったかどうかって訊かれれば、別に好きではなかったですよね。でも不登校はしなかったし、一応六・三・三・四でストレートに学校を出たんですね。

それはなぜ可能だったかと言うと、適当に手抜きをしつつ、「学校の言うことを聞くふりしつつ大して聞いていなかったから」だと自分では今思うんです。で、それでも社会に出られちゃってみると、「いいじゃん学校なんか適当にやっていれば。卒業資格だけもらえば」みたいな感じがしないでもないんですよ。

（笑）、ああ、そうですね〜。

そうなんです。そういう思いが逆にあるんですね。最後に帳尻合わせればいいじゃん、みたいな。でもこういう時代なので親御さんも追い詰められていて、一回くじけるともうこのまま高齢ニートまっしぐら、みたいな悲観的な気持ちになってしまったりするようですよ。

ははあ、なるほど。

親御さんのほうがそういう恐れを抱いちゃったりするみたいなんですよね。だから ね、ちゅん平さんが高校生のときからうつと戦っていながら、なんとか心身の安定を得られるようになるまでの経緯を教えてほしいんです。

受け入れが早いのがよかった

私は自分はうつなんだと受け入れが早かったと思います。今考えると、それがよかったと思います。

ふーん。それはもう、高校生のときから受け入れていたんですか？

はい。高校生のときから。でもやはり、家族は受け入れが難しかったみたいです。最初に佐賀大学の付属病院に通ったんですけど、母にこの前電話をして聞いてみたら、最初は受け入れがたくて、通院を始めても、抵抗感があったようです。

ちゅん平さん自身が？

いえ、母が。恥ずかしさとか、やっぱりあったようです。

そらそうでしょうね。精神的な病に対する偏見は今よりもっとあったでしょうし。

うつにもうつ状態とうつ病があるんですね。うつ状態だと軽く波があるんです。調子のいいときもあるんですよ。でもうつ病になるとすべてがイヤで、ずっと抑圧された状態で、感情が麻痺してしまうんです。で、実際に体も重いんですよ。動きたくなくて。例えるなら、米俵背負って歩いているような。体感として、重力に負けているような感じがあるんですね。

高校のときの不調は今から考えれば、アスペルガーから来る感覚過敏とかの影響が大きかったと思います。うつっていうのはそれほどなくて、時たま落ちこむ程度だったと思います。感覚過敏から調子を崩していたほうが多かったと思います。

学校時代って、どうしても合わない環境に居なくてはいけないしね。

休んじゃいけないと思って保健室登校になった

はい。で、なんていうか、周囲の言うことをすべて真に受けていたし、聞き流すこともできなかったし。それが精神的な不安定さにつながっていきました。

まず「休まないでください」って言われていたので、普通は休むようなときでも学校に行ってたんです。そのせいで保健室組になっていたというのもあるんですが。

調子悪いのに行ったら、自然に保健室登校になりますよね。それでも一生懸命登校していたのね。まじめだからね。たぶん親子揃って。

熱が三十八度くらい出てても、休んじゃいけないって言われるから……。

行っちゃったの？　学校？　わはは！

両親も単位が危ないとか思うと、止めたりしないんですよ。

ははあ。

で、早退をしなさいと言われても、帰ると単位が取れないから、と思って帰らない。

ふーん。なるほど……。

で、やっぱり先生の言うことって絶対だって思っていましたから。

やっぱり身体自体が弱いから、出席日数って病欠でどうしても取られてしまうものね。そうすると、もうがんばれるときはがんばって出ようと思ってしまったんですね。

そうです。倒れて意識がないとき以外は出席しようと。

それと、保健室組っていうのは、私が考えるに、たぶんいじめとかもあると思います。

そうでしょうね。

なんというか……体力の差というのが大きいんじゃないかと思います。アスペルガーの子だったら、小学校の高学年くらいから差がぐーっと出てくるでしょうから、体力の差で気力が追いつかない子が多いんじゃないでしょうか。

大学生になってからの挫折

就労のつまずきもそれが多いですからね。

で、まあなんとか高校は、そういう保健室登校とかも取り入れながら卒業して、大学に行って、で、大学結局中退になりましたね。そこはうつのせいですか？　それともやはり体力が続かなかった？

えーと、そうですね。体力のなさから来るうつっていうのはありましたね。うつだから体力がなくなっているというより、自分の体力のなさに「なんて情けないんだろう」と思っていました。

一人暮らしの大変さ

大学時代はアパートを借りて一人暮らしをしましたね。

はい。

そうすると初めて身辺自立と言うのが自分にかかってしまってきたわけですよね。
大変じゃなかったですか？

大変でした。

定型発達の人でも、いきなり一人暮らしというのはすごく大変だと思うんです。まず何からやっていいかわからないし。ご飯は作らなきゃいけないし、掃除もしなきゃいけないし。パニックになってしまいますよね。でも体力がないとよけいそれが大変なんじゃないかと思うんだけど。

まったくそういうの考えなかったです。

考えなかったですか。

考えられなかったですね。何をしなきゃいけないんだろうというのが思いつかなく

て。だから、最初に、一人暮らしできるかどうかというのを訊かれたんですね、親に。でもできると思ったんです。

思うだろうね（笑）。そこが「困らな感」。自分がどこに困るかに気づいていなくて、きちんと困れないのよね。

できる？　って訊かれて、できるよ、って。

だってイメージできないもんね、具体的に。何をどうしなきゃいけないのか。朝起きて何をしなきゃいけないとかイメージできないと、わりと自信満々にできるとか言ってしまうかもね。

家を出ても治らなかったうつ

そうなんですよね。で、高校のときは両親と折り合いが悪かったので、そのせいでうつになっていると思っていたんですね。だから家を出て行けば治るだろうと思っていたんです。

ああ、家族との関係が悪いせいだと思っていたのか。だったら出て行きたかった気持

ちもわかりますね。

でも実際は生活がきつくて学校についていくのもやっとって言うか。

体力なかったし。病気がちだったし。感覚過敏もあるし。楽じゃなかったでしょうね。

勉強自体はすごく楽しかったんですけど、一コマ九十分じゃないですか。過集中なんで、集中すると疲れてしまうんです。先生が黒板に書いたことを写すことに過集中になってしまって、結局授業が聞けなくなったり。そういうことで困っていて、で、その一方で身体がますます弱くなっていって。うまく生活できていなかったと思います。

食べるのパスしちゃったりしました？

しました。

ちゅん平さんは放っておくとそうなりますよね。元々食べることに執着のない人だったから。食べないと余計体力落ちていってしまうし。家の中はしっちゃかめっちゃかになっちゃうし、という感じなんですかね。

そうですね。でも家の中はすごいきれいでした。

きれいなの？　でも今もこのおうちきれいに住んでいますよね〜。（編注：この対談は

藤家さんが一人暮らししているアパートで収録した）

掃除・洗濯という家に居たときにやっていたスキルは生かせたんですね。

それはもうだから、染み付いているんですか？

はい。でも料理っていうのをまったくしたことがなかったので。

それと食べる意欲がないからね。

なかったですね。

だから放っておいちゃいますよね、食事は。

はい。蜂蜜だけなめて生きていたり。

わはは！　鳥みたい！　そうすると余計やせ細って、たまに実家に帰ると心配されるでしょうね。

もう大学の後半ころは、一週間ごとに帰っていました。

やっぱりきつかったんですね。

きつかったです。

たぶんね、そこで最初から自閉症の知識が最初からあったら、「一人暮らしできる？」という訊き方はしないと思うんです。そういうことが自分でわからないのが特性の

一つみたいだもん。

小さいころに特性がわかればもっと意識的に、ルーティン的に生活スキルを積み重ねていくことができるしね。それに今みたいに食事の宅配サービス使うこととかを、最初から組み入れたりできたでしょう。食材を届けてくれて、炒めればOKみたいな食材宅配サービスもありますものね。ちゅん平さんの有利なところは食べ物にこだわりの無い分、メニューとかうるさくないじゃないですか。

うるさくないです。出てきたもの食べます。

私なんかだと食べ物に執着が強い分、その日のメニューを他人に決められるのがイヤなんですよ。だからそういうサービスにはなかなか手が出しにくいんだけど、ちゅん平さんはその点宅配サービスが何の苦もなく使えますよね。今日はこれですよと言われたら淡々とそれを食べるでしょう。栄養摂取として、そういう点で食べ物にうるさくないというのはやりやすいんじゃないかと思います。

そもそも学校がきつかった理由

そうですね。

本当は、学校の生活自体もやりやすかったはずなんです。先生がいなければ。

先生がいなかったら？　どういうこと（笑）？

全部スケジュールが決まっているじゃないですか。一時間目は何々とか。給食もあるし。だから先生がいなかったら学校は楽しかったと思います。

わははははは。先生のどこがいやだったの？

やっぱり間違った情報を入れるところですよね。友だちと仲良くすることが一番大切だとか。勉強だけできてもダメだとか。

きれいごとを教えるよね。

で、学校自体が協調性を求める空間でしょう。

そうですね。まああっちも運営上の都合があるしね。四十何人を平穏に過ごさせなきゃいけないし。

だからきれいごとセオリーを語らなきゃいけないんですよね、先生も。

そうですね。とくに初等教育はそうみたいですね。だから定型発達の子は、てきとーに付き合うんですよ、学校の論理とは。歯向かいもしないとしても、百パーセント真に受けてはいないのね。「仲良くしろ」っていうことは「ケンカをしない」ことだと早めに気づくから、イヤなヤツには近づかないとか、それなりに知恵を働かすのね。学校の嘘を早めに見抜くんですよ。じゃなきゃ学校って、つらすぎると思う。

大学時代のいいところとつらいところ

でもちゅん平さんも大学については、結構いい思い出を語ってくれることもありますよね。たしかに大学になると、こういう学校限定ルールからある程度解放されるからね。友だちもできたとか、勉強は楽しかったとか、いい思い出があるみたいですね。

大学生活って、ＡＳＤ（自閉症スペクトラム）の人の場合、二パターンあるみたいですね。たとえば成澤達哉さんなんかはすごく楽しかったみたいですね。地元を離れて。

クラブ活動とかも楽しかったみたいですよね。

そうそう。私はその「大学に入ったら自由」っていう感覚はとてもよくわかるんですね。大学って、もう楽しいだけの空間っていう感じだったんですね、私にとっては。でも自閉の人は、大学で独特のつまずき方をすることがあるみたいです。
　たとえばニキさんとかみたいに向いていない学部に入ってしまうと、学業についていくのにまず大変な思いをしたりとかしたようなんですよ。あと教室移動とかについていけないとか。高校まではおおむね先生が向こうからやってきて授業をしてくれるけど、大学って全部自分で主体的に授業を選ばなくてはいけないでしょう。そういうことが、意外と大変なんだな、って。

あ、その点は私も苦労しました。

そうですか。

まず授業の見方がわかりませんでした。一年生のときにしか取れないやつ、とか。二年生にならないと取れないやつ、とか。そういうのがわからなくて。友だちのカリキュラムを見たらすごいいっぱいきちきちに取れているんですけど、私の場合がら空きで、どうやったらきちんと詰められるんだろうと思っていました。

きっとそこに、「実行機能の問題」があるんですね。

ニキさんなんかも、時間割をなくしてから大学に行けなくなったそうです。今だったらたぶんデジタル管理かなんかしているんだと思うんだけど、大学の時間割ってその人オリジナルだし、コピーとってはずるいと思ったらしいの。ほら、テストとかコピー不可とかあるじゃないですか。それと同じだと思ったらしいのね。

そうすると自分の時間割をなくすと火曜日の二限目にどこに行ったらいいかとかわからなくなったらしいの。そういうことがあっても大学の事務に行けば、「しょうがねえなあ」といいながら控えとかくれたんじゃないの？　って言った事もあったんだけど、そういうことができるっていうことがもうわからなくなったらしいです。

私たちが何気なくやってきた「何曜日の何限で何をとるか」とか、時間割なくしたらどうしたらいいかとか、そういうところから苦労するんですね、自閉っ子は。ちゅん平さんの場合はそういうオーガナイズのところから苦労があったし、それにいきなりの一人暮らしが重なって大変だったわけですね。

はい。

大学中退したあとのうつ

それで食事も取れなくて、ない体力がますますなくなって、中退して、それからは闘病生活ですか？

ええと、放送大学に編入しました。

で、おうちで勉強して、おうちからスクーリングに通えるようになったんですね。

でもうつ病になって。大学を辞めたこと自体が後悔の種だったんです。

後悔したんですか？　せっかく入ったのに、って？

うつの前に自律神経失調症になってしまったんですね。それで外に出られなくなってしまって。

自律神経失調症って、やはり体温調節できなくなったりするんですよね。

そうですね。微熱が続いたり。私の場合にはメニエール病が出て。

あ、そうね。あれも自律神経の病気だものね。

それで、大学を辞めるか辞めないかというときに病院に行って、今通っている病院

を紹介してもらったんですね。そのときは自分がおかしい、病院に行かなきゃ、という気持ちがいっぱいで。病院にかかれるのが嬉しくてたまらないというくらい追い込まれていて。初診はうつ病だったんですけど、パニック発作もあったんです。むしろうつよりはパニック発作のほうがひどかったので、その治療を始めたのが大学二年の途中くらいです。大学から実家に帰ってきては診療に行っていました。

で、アスペルガーという診断が下ったのは？　放送大学を受講していた時期？

もう二十三歳でした。だからうつやパニック発作の治療の頃にはまだアスペルガーとはわかっていませんでした。解離性障害が出てきたので、その治療をやっている段階で、もしかしたらこういうバックグラウンドがあるかもしれないと先生が気づいて下さって、テストを受けました。そうしたら見事アスペルガーという診断が出て。それで、今までのつじつまが合うね、ということになって。

なるほど、そういう流れだったのね。じゃあ、けっこううつ病と戦った歴史は長いですよね？

長いですね。

それで高校とか大学とかに通いきれないという経験をしてきたんですね。

でも高校のときはくじけてなかったです。

くじけてなかったというのは？

どうしても大学に行きたかったので。

なぜどうしても大学に行きたかったんですか？

勉強したかったんです。美術の。好きなことを勉強すれば自分が救われるかな、と思って。

どうして？

好きなことだから。

ふーん。

家族ともうまくいかない

自分の生活が、すごく満たされていなかったんですね。親とはいつもケンカだし。祖母ともうまくいっていなくて。家の中にいても面白くないし、自分だけの空間を持って、自分の好きなことを勉強すれば気持ちも晴れるだろうと思っていたんです。

なるほどなるほど。

いったいどうして、親御さんとはうまくいかなかったんでしょうね？　まあだいたい、その年齢ってうまくいかないとは思うけど。

うちはずっと妹と比較をされていて。父は本当に仕事人間でほとんど家のことをかまったことがなくて、母も父の言うことしか聞けなかったんですね。で、おばあちゃんから相当いじめられていたんです。

いじめられていたって、お母様が？

母も、私も。母をかばったことからおばあちゃんにいやみを言われ続けていて、わざとのように妹と比較するんです。それがあって小さいときからコンプレックスの塊で。

うーん。自閉圏の人は言われたこと真に受けるもんね。定型の子だったらそこで「お母さんをかばうからおばあちゃんは私を気に入らないんだわ」とか思うかもしれないけど、自閉の子は自分が芯から嫌われていると思ってしまうかもしれない。

そう。それに考えてみれば、別におばあちゃんに気に入られなくてもいいじゃないですか。

その通りですね。おばあちゃんに嫌われてもこの世の終わりではないですね。ただ

何かと妹さんと比較されるとなると、妹さんとの関係も悪くなってしまいましたか？

私は妹のことはすごくかわいがっていました。でもどこかでものすごく憎んでいて。

ライバル視してたの？

ライバル視じゃなくて、うらやましいなと思っていたんだと思います。

それはなんで？　おばあちゃんにかわいがられるから？　それともお菓子を何個食べていいかわかるから？　『自閉っ子は、早期診断がお好き』の中で、アイスクリームは一日に二個食べてはいけないと自然にわかっていた妹は田舎に埋もれた天才だと思っていたと書いていましたよね（六十九ページ）。

それは怪しいと思っていました。なんか特別な力を持っているのだと。

自閉っ子なりの「愛されたい願望」

でもそれだけじゃなくて、なんていうか、自閉っ子なりに「愛されたい願望」みたいなのがあるんですよ。

ありますよね。自閉の人だって持っていますよね、そういう気持ち。

で、私、家族のつまはじきものだって思っていたんですよ。

ふーん。

で、すごくさびしかったです。

そして、自分に比べて妹さんは家族に溶け込んでいる感じがしたんですか？

そうなんです。それにやっぱりアスペルガーならではの生意気な子だったみたいです、私。社会に溶け込めないように、家族にも溶け込めない感じがしました。

家族って社会の始まりだもんね。だから社会に適応しにくい人は、やっぱり家族との関係も苦労するのね。

それでぽつんとしていたんです。それがなんというのか、歯がゆいというか、悲しいというか、すごい色々な感情の入り混じりがあって、今考えると、そんなことでめそめそしてなくてよかったなと思うんですけど、子どものときはやはり家族というのが世界の大部分を占めているので、取り残されたような気持ちになって。

それで溶け込んでいる妹さんは「いいなあ」と、そういう気持ちだったんですね。

はい。で、嫌われている理由がわからなかったんです。

……思うに、嫌われているんじゃなくて、きっと、ご家族としてもわけわかんなか

ったんだと思いますよ。きっとそうだと思う。

あと巨人のいる、シナリオのある世界観を持っていたから、一向にイジメに気づいてくれない親っていう役が何年も続いたので、ちょっと巨人に切れているところがあって。

シナリオのある世界観

これまで『自閉っ子、こういう風にできてます!』や『自閉っ子は、早期診断がお好き』で「巨人のいる世界」について語ってくれましたが、その世界観は私たち定型発達者には（少なくとも私には）結構わかりにくいです。

ちゅん平さんは、私たち人間はシルバニア・ファミリーのお人形みたいに手足まで巨人によって動かされている。どうやって動くか、シナリオは送られてくる。それを読み解くのが魔女である自分の役目、って思っていたわけですよね?

はい。

この世界観を聞いた人は「微笑ましいですね」という反応を見せることもあるんですね。でも私、ちゅん平さんの話をよく聞いてみるとそれどころじゃないかなと思って。

それどころじゃないです！

で、整理してみたんです。こういうことなんですかね？　巨人のいる世界って。

・運命は決まっている。
・人は配役どおりに動いている。
・自分はシナリオを読み解くのが仕事。運命は作るのではなく、読み解くもの。
・主人公は自分。周りの人は彩り。

当たっています。

だとしたら、やっぱりこういう世界観を持っていると生きていくのが大変ですね。ご自身も、周囲の人も。

親御さんのことも、配役だと思っていたんですね？

そうです。

その「親役」の人が、なかなかイジメに気づかない。早く気づかせてよ、みたいに思っていたんですね。そして、巨人に運命を丸投げしていると、自分からの働きかけが功

を奏するという発想はできませんね。

鬱屈した人生を何年送らせるんだ、みたいな感じですね。だから私にとっては怒りの対象物はあるんですね、巨人という。でも人から見たら、何に怒っているかわからないというか。

わかんないね〜。他人には巨人見えないしね。それはやはり外から見るとストレートにご家族に対する怒りに見えてしまうし、ご家族もそう思っていたでしょうね。まさか巨人に怒っていると思わないから。

だから、お互い反発しあっているみたいに見えたみたいです。

でしょうね。

それで闘病しながら、アスペルガーの診断がついて、うちで出した本とかを読んでくれて、それでうちに原稿持ち込んでくれて、それでまた新しい人生のフェーズが始まりましたね。

はい。

外に出る勇気

でも、よく勇気ありましたね？　いきなり出版社に原稿持ち込むなんて。本を出すことは、巨人によって決められたシナリオに載っていたんですかね？

はあ――なんていうか――。勇気あると思われました？

はい、思います。

ていうか、本当はそんなたいしたことではないんですね。私たちのような職業の者にとっては普通の行為なんですね。原稿持ち込んだり持ち込まれたりっていうのは。で、ちゅん平さんだけじゃなくてニキさんだって泉流星さんだってみんな、最初は原稿持ち込みからご縁ができたんですよね。でも、出したいけど持ってこない人はいっぱいいるから。

それは自信がないからですか？　恥ずかしいから？

わかりません。自分も本を出したいですっていうから、じゃあ原稿なり企画書なりできたら見せてくださいねっていうと、それ以降音沙汰なしになるケースが圧倒的に多いんですよ。だから書きたい中でレアな人が持ってくるのかなあとか思っていて。そういう

心境が私にはわからないけど、ニキさんは持ってこない人の心境が私よりずっとわかっているみたいなんだけどね。

私は、形にしたかったです。

本の形にしたかったのね。

で、母の実家が造り酒屋だったので、ものづくりには小さいころから近くにかかわっていて、形にするには、本なら出版社、お酒ならお酒やさんに持って行かないといけないとわかっていたから行ったんです。

なるほど。どうして形にしたかったんですか？

そうですね。同じように鬱積している人がいるかもしれないと思ったんですね。

そうそう。それで企画聞いて「あ、面白いね」って言って、メールで原稿送ってくださいって言ったんですよね。そうしたらメールは携帯しかないとか言って、「えーじゃあだめだよー。九州に住んでるのにメールで原稿やりとりできなかったらめんどくさいじゃん。だめだめこの企画、没！」っていう感じになったんですよね。

(苦笑)。

でもちゅん平さんから再度電話がかかってきて「あの企画どうでしょうか？」って

訊かれたでしょう。実を言うとそのとき私たちはもう「九州在住で携帯メールだけだからダメ」って決めてたから、あの企画のことは忘れていたんだけど、急に電話がかかってきたもんだから正直に「九州在住で、メールがケータイだけじゃ本を作る仕事を進めるのは難しい」と言ったんですよね。そうしたらお父様がＮＴＴを呼んでくださっておうちのパソコンにブロードバンドをつなげてくださったんですよね。

あそこでお父様がけちらなかったから作家デビューにつながったんですよね。そこでお父様が怒ったりけちってたりしたら全然つながってなかったですね、出版に。ブロードバンドにつながってくれることによって、「九州に住んでいてメールは携帯だけで本作りめんどくさい人」から、「もしかして本出せる人」に格上げされたんですよ。それで原稿を読んで「ああ面白いから出そう」と、そういう感じでした。

父も浅見さんと同じで先行投資が必要だと思うタイプなんです。

そう、先行投資は絶対大事なの。第一、遅かれ早かれネット時代になったんだからおうちとしてはブロードバンド入れてただろうし。

いや、入れてなかったと思います。

ほんと。でもあそこで入れてくださったっていうのがよかったですよね。

そうですね。すごい頼み込みました。

それで本を出して、様々な人との交流が始まって、それまで知らなかった世の中の色々な面を見て、東京にも来て、と世界が広がっていきましたね。でもそういう「色々」に疲れたり、メディアにさらされることによって苦労を味わったり、様々な経験をしましたね。都会暮らしを試みたこともあったけれど、一人で暮らしていく体力がやはりなくて、最後には精神的にも崩れて、ふるさとに帰りました。その後一時本当に調子を崩して死にそうになって、会いに来たらやせこけていたので死ぬんじゃないかと思ったんです、正直なところ。それで、支援を受けてみたらどうでしょうと私から提案したんですよね。評判のいい支援組織があるから、と。

うつってどういう感じがするの？

浅見さんうつについて知りたいって言っていましたよね。

はい。うつってどういうものか教えてほしいです。

はい。元々うつ病というのは、抑うつされた気分が、二年間以上続く状態を言うそ

うです。

そうなんですか？　二年間って長いね。つらいよね。

ヤフーで「うつ」と「落ち込み」の違いを調べたんです。で、落ち込みは一時的なもので、うつっていうのは長く続くものだと定義されているようです。内容としては、興味や喜びの喪失、過食や拒食、不安・不眠、あと低体温もあるそうです。で、低体温症や起立性貧血が起こることで集中力や思考力が低下したりするそうです。で、そういうのが続くことで引きこもりになることもあるそうです。それがうつ病と引きこもりの関係みたいです。

なるほど。調べてくれたのね。私が事前に「うつについて教えて」ってお願いしたらそういう風にきっちり調べてきてくれるって、そういうところがやっぱりちゅん平さんアスペルガーっぽいよね。

で、私は解離性障害があったんですけど、昔は解離性障害のことをヒステリー系精神障害と言っていたみたいで、私もたしかにヒステリーがあったんですね。身体が突然動かなくなったり。

私も何回か目撃しました。

で、最近は非定型うつというのがあるみたいで、落ち込むだけじゃなくてイライラや不安があったりして、でも好きなことに対しては元気になれるそうです。最近そういう症状の人が増えているそうです。

なるほどね。調べてくれたんですね。すごいですね。でもね、私がなんでうつってどういうもの？　って訊くかというと、実感でわからないからなの。

実感？

はい。

うつの気持ちがわからないんですか？

いや、気持ちはたぶんわかるんだと思います。だって自分も何かあったときに落ち込んだりとかするからね。悲しくもなるし、自暴自棄な気分になることもあるし。でもしばらくすると戻っているんですよ、気分が。それで、ああ次はこういう手をとってみよう、とか考え始めるのね、脳が。脳が次の手段を持ってきちゃうんですよ、自動的に。

　で、新しい目標ができると、落ち込みながらでもそっちのほうに動き始めるでしょう？そうするとやがて、落ち込んでいたことを忘れるんです。

　それから私はどんなに調子悪くなっても、歯を磨いたりお風呂入るのとか食べるのとか

をやめようとは思わない。やめたくならないです。

はあ〜。それは私ありましたね。歯を磨きたくない。お風呂入りたくない。食べたくない、っていう時期。

ちゅん平さんだけじゃなくて、そういうことを言う人が多いんですよね。うつの経験者は。歯磨きだけじゃなくてトイレ行くのさえめんどくさいとか、食べたくない、眠れないとか。そういうのはどういうことか実感でわからないです。本当にそういうことはないです。

はあそうですか。やっぱり脳内の伝達物質のせいですかね。

それと、身体もあると思います。私の場合、元々体力があるせいで、体力を「使いきる」っていうことはあまりないみたいです。風邪を引いたとしても、お風呂に入らないのは一年に一回あるかないかですね。

ほんとですか？

はい。入ったほうが気持ちいいのはわかっているじゃないですか。歯も磨かないと気持ち悪いでしょう。頭も洗わないと気持ち悪いでしょう。その気持ちよさと気持ち悪さをたぶん自動的に秤《はかり》にかけちゃっているんだと思います。そうすると多少しんどくても歯

は磨いといたほうがいいや、食べておいたほうがいいや、ってなるわけです。だから生活習慣が極端には乱れないです、体力があると。

もしかしたら私が異様に頑丈で、人並み以上に体調を崩さないタイプなのかもしれないけど、でも心は超人的に強いわけではなくて、何かいやなことがあれば落ち込むわけですよ。私から見ると、心が私よりずっと強い人、少々のことでは落ち込まない人っているのね。でも私は落ち込むの。でもいくら落ち込んでも何もしたくないとか、そういう気持ちにはならないから、やっぱりうつって実感できないんです。

ふーん。

励ましはほしいか？

で、それは私が偉いわけじゃなくて、「そういう風にできてる」んだと思うの。だとすると、落ち込んでそこからうつに発展する人も、やはりそういう風にできてるのかも。だとすると、そこで叱咤激励しちゃいけないっていうのは理解できるんですよ。

叱咤激励というか、私は落ち込んでいるときに「がんばれよ」くらいは言ってもら

いたかったです。「がんばってほしいけど、まず身体を治さなきゃいけないから安静にしててね」と励ましてもらえても嬉しかったかもしれない。ケアしてほしい。両方の言葉がほしかったです。

ケアっていうのは？

見守っているんだよ、という。安心感がほしいです。

うつの間は自立できない

考えてみると、そういう何にも自分でやりたくなくなったときって、生き物としてはすごく脆弱な状態ですよね。

そうですね。

そういうときに、自立支援プログラムとか始まってしまうと、きついのかな？

はい。きついです。

だって私だって熱とか出たら、誰かご飯作ってくれたらいいのになとか思いますよ。今はとても便利で、うちの周囲にはコンビニが何軒もあるから、うどん食べたいなと思っ

たら冷凍うどん買いにいけばいいんだけど、昔みたいに遠いお店までうどん玉買いに行ってネギ刻んで、となるとしんどいなあと思いますよ。

世の中だいぶラクになったので。

ラクになりましたよね。

だからうつになる回数は減りました。

ああそうか。身体がラクできるから。

はい。

生活が楽だからね。宅配サービスも使えるし。

だから浅見さんが知りたい「うつの実感」を伝えるには、喩えるしかないんですけど、身体が重くて床から足が離れない感じです。もう一歩も歩けないっていうか。

それじゃあ引きこもっちゃう気になる人が出てきても仕方ありませんね。ていうか、ちゅん平さんもそういう人だったわけじゃないですか、一時的に。今このときにもそういう人がいっぱいいて、家族の方々はどうしたもんかなと悩んでいるかもしれませんね。
　本当に、一人暮らしは体力がいるものね。体力が尽きるのが早い人、疲れるとうつになりやすい人にとっては、大変難しいことですね。じゃあ次の章では、ちゅん平さんがなぜ

そういう厳しい条件を抱えながらも親元を離れて暮らせるようになったのか、一人暮らしができるようになるまでを振り返ってみましょう。

「自立」の難しさを乗り越えられた理由

最後は自分の力しかない

ちゅん平さんは、一時「引きこもり」状態になったことは何度もありますよね？　どうしてそこからまた外に出られたんでしょうか？

浅見さんとは何度も話して、何度も振り返ってみたんですけど、やはり引きこもったときには、自分の力で這い上がるしかないんです。

そうなのね。

はい。

ちゅん平さんは何がよかったんだろう？

支援組織で自立支援プログラムを受けて、それなのにどうしても一人暮らしができなくて、うつがひどくなりました。で、うつになっていたときに、なんでこんな状態にならなきゃいけないんだろうという怒りがあったんですね。

じゃあ、怒りだったのね、原動力は。

はい。で、お正月に実家に帰る許可が出たんですけど、それまで冬服を全然持って

きていなかったんですね。で、実家で「なんで持ってきてくれなかったの？」って訊いたら「それを自分で気づかせないとだめなんです」って言われたって親が言うんです。

はああ。

で、自分で気づくってどういうこと？　って言ったら、冬になったら冬服が必要だと自分で気づいてアクションを起こすまで待たなきゃいけないと言われたようなんです。

それはもちろん、自分で気づいてアクション起こすことは大事だと思うけど。

でも私はそれ聞いて、「そんなことくらいわかってるよ」と思いました。「私は家に連絡を取ったら帰りたくなるから連絡をしなかっただけなんだよ」と言ったら、親としては「こちらとしてはそんなところまでわからなくなっているのかと思っていた」って言ったんです。

で、それ聞いて「このやろう」と思って。

怒っちゃったの？

私のことどれくらい知っているんだ、と思って。そんなバカじゃないんだぞ、と思って。怒りがふつふつとこみ上げてきて、支援なんかいらない、と思ったんですよ。

怒りと闘志

そのころ私結構「もう支援受けるのやめてもいいんじゃない」とか言ってたじゃないですか。それはね、最初に支援を受けてみたら、って薦めたのが私だったから。だから支援そのものにちゅん平さんが苦しんでいるのなら、もうやめてもいいと思ったから言ったんですけど、それって後押しになりました？

後押しになりました。結局、子どもと同じ指導の仕方だとこっちは見抜いてしまうんですね。

なるほどね。つまり、結局「自分でやるぞ」って決めたのは、怒りだったのね。怒りが原動力になったのね。

はい。すごい原動力になりました。だから、もう自分で自立を目指そうと。一人でやっていったほうがいいと思うようになりました。元々どこかに属するのって苦手なんですよ。

私もそうだからよくわかります。ところでちゅん平さんは「闘志」という感情はわ

かりますか？　「怒り」と区別つきますか？

「闘志」は、よしやるぞ、とか、ものすごく頑張るぞっていう感情のことかなって思います。

だとすると、怒りとは全然違うので、多分区別はついているんじゃないでしょうか。

闘志っていい意味ですよね？

一応、私にも闘志という感情はわかります。不特定多数の人に抱くことが多いです。受験の時とか、結構丸出しだったし。お仕事している時も、部品をいかに短時間で多く作るかとか、やる気満々なことが多いです。

でも、怒りは闘志につながることもあるな、ってこの支援を抜けるときの一件で感じました。

うん。私も今聞いていて、うつから抜け出したのは「怒り」が「闘志」に転換したからかなと思ったんです。怒りのマネージメントが不得意な人は多いけど、ちゅん平さんは怒りをポジティブに変えたのかな、って。同じ自閉症でも怒りにむしろさいなまれて身を焦がしてしまう人もいるし、ニキさんみたいにあまり怒りが感じられないから損をしちゃう人もいる。でもちゅん平さんは怒りをポジティブに換えるのが上手だったんですね。

血の気が多くて、沸々としているあたり、「闘志」と「怒り」って似ていますよね。これが「闘争心」になったら、少し「怒り」に近づくような気がします。

「怒り」には、色々な種類があるらしいってことは、結構父から読み解きました。たんに、仕事相手がいうことを聞かないからって、頭にきて怒っている姿も見たし、自分の思い通りにならなくて、自分に怒っているのも見たし。

あと、なぜか母が病気になると怒るんです。

だから、「悲しみ」とか「不安」とかネガティブなことも怒りに通じやすいんだなと知ることができました。

私はわりと、定型発達の人と同じようなことで怒りを感じるんじゃないかなと思います。

そうかも。ニキさんはたま〜に怒りを感じていると、私なんかから見るとフシギな場面なんですね。そこ怒るところじゃないだろ、もっと他にあるだろ、みたいな。でもちゅん平さんが怒る場面は結構理解できる。

まあともかく、私はちゅん平さんがお世話になった支援組織そのものは今でも素晴らしい組織だと思っているけど、やっぱり相性ってあると思ったのね。それと、障害者手帳も取れたし、国も精神障害の人の就労に力を入れ始めたし、支援をどこかで手放しても、他

にも手段はあるって思ったの。
元々支援を受ければというのは私だったから、途中からうまくいかなくなったとしても、私が「やめれば」って言わないとやめないだろうな、と思って。だってちゅん平さん律儀ですからね。だから「別に支援組織をやめてもこの世の終わりじゃないよ」ということを話したんですよね。

正常にならなくてもいい

でも、そもそも支援を薦めたのは後悔していませんよ。だって都会で挫折して帰ってきたあとのちゅん平さんは死にそうだったもの。それに、自立支援プログラムはうまくいかなかったけど、自閉脳が世の中をどうカンチガイするかよく知っているプロの人たちに、世界に対する誤解をどんどん治してもらえたでしょう?

はい。治してもらえました。

その結果、身体まで健康になって、目覚しいものがありました。だってそれまでは自分の中で、全世界の責任を背負っていたんですものね。その肩の荷を降ろして、本当に

よかったと思ったんだけど、私としてはちゅん平さんが佐賀で旧家に嫁いで親戚づきあいを立派にこなしたり舅姑に仕えてよき嫁になることまでは望んでいなかったんですね。
　なんというか、自分が都会に住んでいて、変人でも生きていけるのをたくさん見ているからかもしれないけど、世の中って確実に「変人枠」っていうのがあって、変人でもきちんと社会生活を営んでいるから、そっちに引っかかればいいなと思っていたんです。そのためにはどこでも好きなところに住めるように、まず一人暮らしができたほうが便利だろうと思ったんだけど、それがうまくいかないのをみて、これは「河岸を変えた」ほうがいいかな、と。

私は、正常になれればそれでよかったです。

悪いけど私は、正常になることさえ望んでいませんでした。ちょっと変わっているけどハッピーな人として、他人にもなるべく迷惑かけなければそれで幸せに生きられるだろうと思っていました。私が求めていたのはそういうレベルだし、それが一番幸せだと思ってたんですよ。佐賀でどっかの旧家に嫁ぐより。

私は旧家の出ですからわざわざ嫁ぐ必要もないです。

支援って別に花嫁学校じゃないよね〜、とは思っていました。結婚してもいいとは

思うけど、先のことなんかわからないし、べつに「いい子」だから結婚できるわけじゃないでしょう。完璧な人間じゃなきゃ結婚できないわけじゃないでしょう。世の中見ても、だいたい他人から見るとどこがいいかわかんないい人と結婚しあっているわけだし。要は相性と出会いの問題でしょ。

じゃあうつから抜け出して、自力で自立を目指そうと思ったきっかけをくれたのは「怒り」の感情だったんですね。

怒りでした。なんか、そんなところまで干渉されなきゃいけないの、みたいな。

そこで怒るのはアスペルガーだからじゃないと思います。

人間としての怒りですよね。で、支援から抜けたのはいつでしたっけ？

二〇〇七年一月です。

住まい選びのコツ

自立支援プログラムを受けている間、引越しに何度も失敗したということですが、どんな失敗がありましたか？

設備が古いタイプでお風呂の水温がサーモスタットで調節できなくて、それで家に帰ってしまったこともあります。あと、部屋の中のことは支援者の方も結構気を遣ってくださるんですけど、部屋の外の環境も大事ですね？

とは？

私は車に乗らないので、徒歩や自転車で行ける範囲に気分転換できる場所があるかどうかとかが大きいと思います。支援組織にお世話になっていたとき、何かあったら駆けつけられるように組織の事務所の側に住みなさいと言われてその通りにしたんですけど、結局それだと近所にお店とかがなくて、一人暮らしがうまくいきませんでした。

なるほど。部屋の中の構造化だけでは不十分なんですね。

はい。周辺に気晴らしできる場所があるかどうかは、とても大事です。

それとちゅん平さんの場合には、今のおうちもお父様が探してくださったということですが、お父様が物件探しお上手なんですってね。どういう風に上手なんですか？

父はとにかく粘ります。最初は不動産屋さんが出してこなかった分も出してきてくれるまで粘ります。大学生のときにもそうやって新築の角部屋を借りられました。

ちゅん平さんはむしろ、「この中から選びなさい」と言われたらそれ以上にオプシ

ヨンを見せてもらえるかもとは思えないでしょう。「見えないものは、ない」から。

はい。どうしてもその中から選ばなくてはいけないのかと思ってしまいます。

そういうときに特性を知っている家族の方が選択肢を増やす手伝いをしてくれるといいですね。このおうちも新築で角部屋でとても広くてきれいですが、お父様は何を基準に選ばれたのでしょうか？

静かさ、周囲の町の人々の雰囲気、建築した会社の信用度、設備の新しさなどを基準にしたそうです。それからもちろん、家賃。年金でまかなえる範囲で、でもあまり安すぎてもいけないそうです。結構色々考えてくれていたんだなと感謝の念がわきました。

就労支援プログラムに挑戦した理由

それで支援組織から離れてから、しばらく実家に帰っていましたね。

はい。

それで就労支援プログラムにつながったのはいつ？

四月です。

一月に支援組織をやめて、四月にもう早くも就労支援につながったんですね。そういうところ、積極的だし行動力がありましたね。それで週に一回とか二回とか通うようになって。じゃあ、なんで行こうと思ったんですか？　就労支援センターに。

まずは就職をしたいという気持ちがあったので。

就職をしたいっていうのは何をしたいの？　お金をもらいたいの？　それとも生きがいがほしかったの？

親から自立したかったです。

でも、その前に自立支援プログラムを受けていたときには自立する気はあまりなかったみたいに見えたんだけど。一人暮らしを試みても、家に帰ってばかりいたでしょう？　だけど今は自立したいって言っていますね。それに、実際にうまくいっていますね。要するにプログラムを受けていたときには、まだ自分の気持ちとしてはそれほど家を離れたくなかったということなんでしょうか？

自立の必要を自分で感じなければ自立できない

そうですね。そんなに自立の必要があるのかな、って。なんかあれが始まったときには「もう？」とか思ったんです。まだ都会の一人暮らしの挫折から日が経っていなかったし。

で、体力もなかったでしょ。まだ。一人暮らしって体力いるしね。体力的にどうなのかなと思ったのね。そうしたらなんかお母様に通っていただいて、食事とかの面倒はみてもらうとか言ってたから、ああそうなのか、と思って。

でもそれだったら、本当の自立じゃないじゃないですか。

あ、そうか。ちゅん平さんによるとそれは自立じゃないんだ。

　でも引き離したほうがいいんだろうか、親子って。家族との関係がうまくいってなかったらとくに。だから自立は大事なのかな？　どうして自立が大事なんだろう？

よくわかりません。

アメリカはわりと親子分離の文化じゃないですか。日本みたいにパラサイトを許す

文化じゃないからね。三十になっても四十になっても一つ屋根の下、みたいなのはないから。でもたしかに、え、もう一人暮らし？　平気なの？　とは思いました。

思われましたか。

私も思ったし、みんなびっくりしていました。実際今ひとつうまくいかなかったよね。実家にちょろちょろ帰って結局実家に住み着いたり。

そうですね。やっぱり「帰りたい」っていうのがあったし、

体力的にもしんどいわけだし。

しんどかったし、意味がわからなかったんですよね、自立するという。自立とはなんぞやって説いてくださるのかと思ったんだけど。そうでもなかったし。ただ親から引き離されたというだけでした。

自立の意味を教えてほしい

親御さんはどうおっしゃってましたか？　自立支援プログラムについて。

自立はしてほしかったようです。だから、支援プログラムには賛成でした。

まあ親としては出て行ってほしいですよね。

そっちのほうが助かりますよね。

それは定型発達の親だってそうですよ。子どもに出て行ってほしいと思う親のほうがむしろマトモなんじゃないでしょうか。その気持ちはすごくよくわかりますけどね。

ただ父は最後まで、寛子には寛子のやりかたがある、と言っていました。私のことをわかっていたんだなとそこはちょっと感動しました。

男親って見る目が広いですよね。

そうですね。

でも、自分で自立の時期だと思っていなかったら、ただ引き離されても帰っちゃいますよね。それが東京くらい離れたところにいたら帰らないだろうけど。そう気軽には帰れないし。こんな近かったら帰っちゃいますよね。家帰ったらほかほかご飯が待っているんだものね。

はい。自立支援プログラムっていうのも、よくわからなかったです。説明が。

もしかしたら親御さんを休ませようと思ったのかもしれませんが、とにかく本人の準備が整わないうちに、体力もないうちに与えられた自立支援プログラムはうまくいきま

せんでしたね。

それが今は、うまくいっているんですね。自力で。

自立の定義を教えてもらってうまくいった

つまりちゅん平さんは、その後「自立」の定義がわかったのかな？　だからうまくいき始めたのかな？　つまり、今でも食事の宅配とかのサービスを利用しているでしょう。でもそういうサービス利用の結果、お母さんに通ってもらったりせずに済んでいますよね。それが自立なんですかね？

そうですね。

そういう定義を教えてもらいたかったんですね？　そもそものはじめから。

はい、定義を教えてほしかったです。

じゃあちゅん平さんは、「自立」の意味に自力でたどりついたんでしょうか？

「自立」については、障害者職業センターに通っている時に、カウンセラーの先生から教えてもらいました。

仕事を探すにあたって、私が家からではなく自立して働きに出たいと言っていたので、じゃあ、そもそも**自立とは何か**、という感じで話に入っていきました。

ほお。

私は健康管理が下手だったので、まず、**健康（障害）管理が必要**だよね、と教わりました。

先生は、「生活支援と就労支援の一体化」という図を見せてくださって、**自立して職業に就くには何段階もステップがある**ということを教えてくれました。

まず、生活支援について。

そこには生活訓練と、**社会生活の遂行**という項目がありました。

私は、社会生活の遂行という部分があまりわかっていなかったようでした。

社会生活の遂行の中には、三項目ありました。

学習の基礎的技能、適応の基礎的技能、地域社会への適応行動です。

カウンセラーの先生は、その中の地域社会への適応行動をわかりやすく説明してくれました。

・日常生活技能（生活安定）
・家事の能力
・健康の管理（体力、耐性、持久力をつける）
・消費者技能
・地域社会の理解

ということでした。

これらの中で、私は特に家事の能力と健康の管理を著しく両親に依存していました。

だから、その二つを解決できれば、自立が可能なんじゃないかと考えるようになりました。

定義がわかったら、結構行動にうつすのは早かったです。

なるほど。そうやって系統立てて教えてもらって、努力する場所がわかったんだ！

それから、精神的な自立のやりかたもそれまではあまり教えてもらえませんでした。

もちろん、物質的な自立も大切だと思いますが、両方の自立がそろっていないと独り立ちは難しいと思いました。

私は物質的な自立はもちろんのこと、精神的に両親に依存が高かったのでそちらの自立がうまくいっていませんでした。

いつもとても寂しくて、埋まらないものがありました。お医者さんは小さい時の心の傷のせいだとおっしゃっています。すごく甘えん坊でした。

プラス、解離が完治したこともあって、精神年齢が同世代の人よりも幼くなってしまったということもありました。

うん。それはたまに感じます。

そういうことはあるらしいです。

実際に自分で体験していない感情などを遅ればせながら学んでいる途中だったのです。

そんな最中に「完全自立しなさい」と言われたので、かなり戸惑いがありました。

いい年でしたが、まだ両親に甘えたらないような気がしていました。

私が最初親から引き離されたとき、「自立じゃない」と思っていたのは、精神的な自立もできていなかったからです。

障害者職業センターでそのことを相談したら、**そういう寂しさみたいなものは、誰しも持っている**と教わりました。

そうしたら、自分はまったく精神的自立が不可能ではないんだと理解できました。甘えん坊だったら、精神的自立は出来ないんだと思い込んでいました。

最初甘えん坊だった人が、だんだん甘えん坊じゃなくなっていくんだものね。甘えん坊に生まれたら一生甘えん坊なわけじゃなくて。

最初から、**「自立がしたいなら、こういうところからカバーしていかないといけないよ」というような方法で教えてもらいたかった**です。それがなかったから、自分に何が足りないのか全然わかりませんでした。

そうか。何が足りないのか教えてもらわなかったらわからないし、そうしたら努力の方向もわからないものね。それがわかったのね。

はい。そのおかげで私は今、少しは自立できていると思います。自立とは、精神的、物質的要素の二大柱の均衡が取れていて、一人で暮らせていることだと考えています。

一人の時間をうまく使えることが自立の一歩じゃないでしょうか。

おおお、名言だねえ。

体力づくり

ところで体力づくりっていつから心がけていましたか？

抗うつ剤を変えたら、副作用で太って膝が痛くなって運動をし始めたんです。それとストレスで過食もして。体重を減らそうと運動したら、体重増と運動のおかげで丈夫になりました。

お母様もおっしゃってましたよ。体重が増えたって。でもそのおかげで丈夫になったって。おまけに夏なのにウォーキングしているとか聞いてびっくりしたんですけど。以前は夏バテで栄養失調になって入院したりしていたから。運動がよかったんですかね。

その前からストレッチとかはやっていたんですけど。やらないと体が動かないので。

でも作家デビュー当時、上京してたときとか相当弱かったじゃないですか。もう目の当たりにして、なんて体力ないんだと思いましたよ。今と全然違いますよね。

違いますね。まず関節の具合が違いますね。つながっている感じがするんですよ。

肉が増えたから？

そうなんですかね？

わかりません。岩永先生に訊いてみましょう。まあ、肉がなかったら関節もつながらないだろうとは思いますけどね。

最低に体重が落ちたときにはつながらなかったですね。

杖にすがりついて歩いていましたね。

やっぱり肉って必要なんだなと思いました。

私も見ていて「そうか。筋肉だけじゃないんだ必要なの」って思いました。脂肪って全然ないと人って動けないんだな、みたいな。そのくらいやせていたし、歩けなかった。

脂肪って身体を防御するそうです。だから脂肪が全然ない状態だと抵抗力がなくなっていたんだと思います。

あ、そうかも。だから私は丈夫なんだわ。でもちゅん平さんの場合、脂肪が多くなりすぎても元々関節が強くないから、膝が痛くなるのね。私なんか幸か不幸かどれだけ肉がついても、どっこも痛くならないんだけど。

まあ、肉と骨の兼ね合いって難しいけど、とにかく肉がついたから動けるようになって、そうしたら丈夫になったという好循環が始まったんですね。とにかく、あのころよりずっ

と強いじゃないですか、今。

好循環が始まった

それはたぶん、食べて睡眠もよくとれているからだと思います。

そっか。どうして食べられて睡眠がよくとれるようになったんだろう？

やっぱり外に出ているからじゃないですかね。することがある日っていうか、作業所に行く日は何ができるかを書き出してみたんですね。

＊　＊　＊　＊　＊

《仕事をする日に感じること》

＊規則的に起きられる
＊ご飯をちゃんと食べる必要があるのでスタミナ切れしない
＊太陽の光や風に当たるので情緒的に心地よい

*他人と接する機会が増えるのでコミュニケーションのとり方を学べる
*仕事をすることで経験を実感できる
*うまくできた時自分をほめるので自己評価があがる
*ストレス原因がはっきりする
*仕事自体がいい運動になる
*疲労サインがわかりやすくなる
*給料をもらう楽しみがわく
*外部の情報を得ることができる
*適応能力の幅が広がる
*よい睡眠が取れる

＊　＊　＊　＊　＊

そうだねえ。本当にその通りだわ。

最近うつの治療でぱーっと光を当てて治すという治療法があるじゃないですか。

それは昔からありますね。

それで、やっぱり光にあたることって大事だと思うんです。

そうですよね。私も家を買うとき、それを考えましたよ。でもこれ、ちゅん平さんの書いたこれって、基本ですね。太陽の光や風に当たるので情緒的に気持ちいい、って本当にそうなんですよね。外に出ると気分変わりますよね。

そうですね。その喜びを、やっと身体が知ったという感じです。

じゃあ、それまではわからなかったんだ。

ニキさんみたいに、私も運動しても気持ちよくならない脳だったんです。

運動して気持ちよくならない脳の人は、セロトニンとかドーパミンの量が違うんだろうって岩永先生がおっしゃっていましたね。だから気持ちよくならないんだろうって。それが変わってきたのかもしれませんね。

やることがないと自立できない

そうそうそれと、私はちゅん平さんのお母様から年に二回ご進物をいただくので年に二回はわりと電話で長めにお話するんですけど、あの、自立支援プログラムに挑戦して

はくじけていた時期ね、何しろやることがなくて、とかおっしゃってましたね。アパートに一人暮らししていても。**やることがないことが一番きつい**んだって。

スケジュールが大事っていうことはさんざん教えられるし、理解できます。でもスケジュールを埋める活動がなかったんですよね。

スケジュールってどういうの作ってたんですか？

朝起きてから寝るまでの時間がバーっと書いてあって、そこに何を入れる、何を入れる、みたいな感じです。

掃除とか、運動とか？

はい。三十分単位で時間が区切ってあって、

でも一応、項目としては埋まるわけでしょ？

全然埋まらなかったです。

埋まらなかったの？

はい。何もすることがない時間が多かったです。

じゃあスケジュールが大事っていうことは教わったけどそれは埋まらなかったわけですね？

埋まらなかったです。

それでそれが不満だったし、自立生活がうまくいかない原因だったわけだから、その体験によって「スケジュールが埋まらないとダメだ」って気がつけたわけですね、ちゅん平さんは。それで、次は就労支援センターに行こうという気になったんじゃないですか？

そうですね。**やることがないとまたうつになる**と思って。

やることがないとうつになる、んですよね？　やっぱり？

はい。

ヒマだとネットに張り付いて、他人を誹謗中傷したりする人がいるけど、ああいうことはやろうと思わなかったの？

思わないですね。

別に人を誹謗中傷することじゃなくていいんだけど、えんえんとネット見ている人とかいるじゃないですか。

目が弱いからあまりネットの時間費やせないです。でも海外のモデルさんとか女優さんとかの画像を集めるのが好きなんです。それだけははまれました。

でもそれって趣味ですよね？

趣味ですね。

趣味じゃだめだったんでしょ、たぶん。

そうですね。なんか作業じゃないといけなかったんだと思います。

なんでだろう？

趣味だとそんなに脳みそ使わないんですよね。

ふーん。じゃあ、やっぱり逆に多少ストレスフルなほうがいいわけですか？

そうですね。刺激があったほうがいいです。

趣味だとリラックスするだけだから？「ああきれいなモデルさんだ〜」とか。

そうですね。なんか**「こなす」ものが必要**なんですよね。やっぱりそれに**身体を使うこと**が重要みたいです。

地域資源を上手に使い分ける

ふーん。だからどこかに通って作業するのはいいのね。スケジュール表の大切さだ

けを教えてもらうより、埋める作業がほしかったのね。

はい。

でも、たぶんそういう「スケジュールを埋める」係りの人はまた別にいるのかもね、福祉の世界では。

　ワーク・トレーニング社の話を知って思い出したことがあるんです。今、一部の特別支援学校にそういう模擬会社みたいな施設があるみたいですね。たとえば今、ネット通販で倉庫作業とかの需要が高まっていると思うんだけれども、模擬倉庫があってそこで研修できたりするようです。

　で、そういう施設は、なかなか民間の支援組織には準備できないと思うんです。規模や費用の点から言ってもね。やはりそれは官の仕事なんじゃないでしょうか。

　要するにこれからの当事者及び保護者は、官の支援と、官が行き届かないところまでみる民の支援をうまく組み合わせて利用していくことが大切じゃないかと思います。

支援組織は専門性が高いところが多くて、私が通っていたところは、幼児支援には最適の環境なんじゃないかなって思いました。

　そこに自分を当てはめても、居心地が悪かったです。

それから、支援の組み合わせですが、まさに浅見さんのおっしゃるとおりだと思います。

経験から言うと、支援を卒業する日が必ず来ると思うんです。

その後どうするか、がいつも頭の中にありました。

だから、支援を受け終えた人の受け皿として、官が模擬会社のような公の場所を提供してくれたら理想ですね。

つまり、発達障害に特化した支援組織の仕事は、自閉脳のしがちなカンチガイを解きほぐしてくれることだったり、自閉脳に合っている生活の組み立て方を提言することであって、それを実際に実現するのには、つまり、時間を埋めるには、別の助けを借りないといけないかもしれませんね。少なくともまだ今の段階では。

そう思ったから私は、「国が精神障害の手帳を持っている人の就労支援に力を入れ始める」といった日経新聞の記事をちゅん平さんに送ったりしたわけですけど。

そういう意味ではいくらよい支援組織でも、「オールインワン」であるということを期待するのはまだ時期が早いかもしれません。

で、スケジュールが埋まらなくて体力が無いといくら自立自立っていってアパートに引き離されても……。

何もすることがないんです。
できないんですよね、何も。お昼とか夕飯の時間になって、「仕度をする」とかそのくらいの予定しか入っていなくて。

音楽を聴いたりテレビを見たりじゃあ時間は過ぎていかない、って『続自閉っ子、こういう風にできてます！』に書いていたでしょう。そうなんですか？ テレビじゃだめなんですか？

やっぱりそれじゃあ脳みそを使わないから。

はあああ。そうなのかあ。私はお相撲観るのが好きだけど、あれは脳みそ使うからな、結構。贔屓の力士が勝てなかったりするとストレスもかかるし。漠然となんか見てるのとは違うのかもしれない。

違いますね。だからゲームとかやっている人のほうがまだ元気なんじゃないかと思います。

やることを教えてくれ

でもそれこそ、家でゲームやっていても風や太陽の気持ちよさは感じられない。それに親御さんの立場としてはいやなのよね、やっぱり。外に行ってほしいみたいです。

そうでしょうね。

別にお金の面だけじゃなくて、やっぱり外に行って活動してほしいんですよね。

だから、なんかやれ、って言われるほうにしてみると、その活動を具体的に言ってみろ、という感じなんですよね。

こういう場所に通いなさい、とか？　だからそういう場所を与えてあげたら外に出られる人も増えるのかしら。

出られるんじゃないかなと思います。私はスケジュールを埋めなさい、って言われていたときに、じゃあ何すりゃいいんだよ、と心の中で突っ込んでいました。スケジュール配分をすれば空き時間がなくなるから余分なことを考えないで済む、と言われてスケジュール表を渡されても真っ白なだけで、じゃあ何かすることと与えてくれよ、そっちのほう

がカウンセリングよりよっぽど助かる、と思っていました。

最後のほうはカウンセリングに行かなくなっちゃったって言ってたでしょう？　どうして？

なんか、今週一週間どうでしたか？　の繰り返しだったので、何もしてねえよ、とか思って終わり、というか。

おんなじじゃん、と思ったわけですね。

はい。

難しいね〜。私が講演に行った先ではね、教育委員会の先生が引きこもりの子を集めて卓球をやっていましたね。それでもずいぶん生徒たちを外に引っ張り出すのには成功したみたいでしたよ。

自分でやることを見つけるのは難しい

やっぱり自分で何かを見つける、ということがすごい苦手なんですよ。私たちアスペルガーの人間は。

はい。苦手だと思います。

……

だから、こういうところに行きなさいとか言ってくれたらいいと思うわけですね。

そうですね。

でもどうやってスケジュール埋めたらいいか、支援するほうがまだ試行錯誤の最中なのかもしれない。ちゅん平さんの話を聞いてもわかるのは、安定してからどこか行き場所を探すんじゃなくて、**どこか行き場所ができると安定する**ということだと思います。それはみんな気がついているのではないでしょうか。だから、昼間行き場所のないアスペルガーとかの人のためにみんなが集えるサロンみたいなのを作ろうとか考えている行政の人もいるらしいの。

そんなところに集ったら大喧嘩になるんじゃないですか。

あはは。

そんなところに行ってお茶飲んでお菓子食べていても悪循環だと思います。

どうして悪循環だと思いますか？

やっぱりアスペルガー同士が会ってしまったりすると、気の使いあいや気の抜きあ

いで、悪いほうに話が発展したりするかもしれません。それにやっぱり屋内に居てくっちゃべってお茶飲んでいるだけじゃ何も進展がないと思います。

作業と目標を持つことが大事

そうしたらちゅん平さんが厚生労働省のえらい人だとしたら、どういう活動を提案しますか？

とりあえず作業ですね。

作業。ボールペン組み立てでもなんでも。

そうですね。あと何か目標を持たせるっていうことですね。

例えば今のちゅん平さんには、どういう目標がありますか？

今支援を受けているところは、車のライトの部品と家庭科の教材を作っています。

それをたとえば千なら千、時間内に終わらせることを目標にしています。で、どうすれば無駄な手順が省けるかとか、そういうのを工夫してやることが目標になっています。

ああ、いい目標ですよね。職業人だね〜。

そうですね。

ただのレクリエーションと、職業的な活動だったら、職業的な活動のほうが面白いわけですね。

そうですね。やりがいがありますね。

やりがいがあるのはどうしてでしょうか？

やっぱりほめられるし。

なるほど。

自分もやれるんだっていう自信がつくし。

自信って大事だものね。ちゅん平さん、自信がついたから元気になって、元気になるとますます安定したのよね。

じゃあ次はセルフ・エスティーム（自己評価）の話を聞かせてください。

セルフ・エスティームを保つためには

「ほめられる」っていうことについて

私の印象では、ちゅん平さんは以前はわりとほめられたい人だったような気がします。でも、それが変わってきているかな、という気がします。なんか最近のちゅん平さんからは、「ほめてほめてオーラ」が出てこなくなっているのよね。

以前はもっとほめられたがっていた気がするんだけどそれは、セルフ・エスティームを満たすためというより、「判断基準」だったような気がします。つまり、ほめられれば自分がやっている方向性が間違っていないってわかるでしょ？　だから「方向間違えていないよ」という確認がしたくて、ほめてほしかったのかな、と思います。

ＡＳＤの人をほめるのは、そういう意味で大事な部分はあると思います。だって本当に自分が正しい方向に向っているか、ＡＳＤの人にはわかりにくい面があるから、そういう意味で「あなたが向っている方向は間違っていないよ」って教える必要はあると思います。

ただ、そういう風にほめることが「すご〜い！　あんた天才！」と間違って受け止めら

れて、カンチガイを呼ぶと大変だなあとも思いますけど。だって世の中に出たら、ホンモノの天才以外天才扱いはしてもらえないもんね。
作業所でほめられるのが嬉しいのは、「ああ、ちゃんとやっているんだ」って実感できるからですか？

それもあります。
自分が任されている作業を、間違いなくこなせているんだという安心感がもてるので、ほめられると嬉しいです。あと、誰かが注意されている時に、少し優越感にひたれるのが気持ちいいというのもあります。

ふふふ。正直。

昔はあまり優越感って感じることができなかったんですけど、最近はそれが自信につながるんだとわかってきたので、ほめられると余計に嬉しく感じるところがあります。
優越感を持っているからって、他人を見下してはいないです。

ちゅん平さんは他人に興味がない人だったけど、ちょっと他人に興味が出てきたのかもね。

ほめられると、例えば今私がやっている細かい作業や、丁寧さが求められる仕事が、

自分に向いているんだと思うことができるので、気持ちがどっしりとなるし、他人に教えてあげる余裕なんかも生まれてくるので、張り合いができます。

ああ、なるほど。他人との違いがわかりますね。それぞれ得意なところは違うけど、自分はここが得意なんだな、と。なるほど、ほめる意味はそういうところにもあるんですね。自分のことがわかりにくい人たちだもんね、自閉っ子。

ほめられなれると、何も言われなかったときに不安になることがなくなりました。何も言われないのは、ちゃんとできている証拠なんだな、と理解できるようになったからです。

以前は、私のこと何も見てくれていないんじゃないかと思っていました。

それよりも、私のこと見えているのかなとか、私、存在しているのかなとか感じていました。

魔女だと思っていた時は、知らない間に気配や姿を消しているんじゃないかなと思う時がありました。

だって、あまりに何も言われないから。

叱られもしないし、ほめられもしない。

人に見えていないんじゃないかって、本気で悩んでいた時があります。

今考えると、ちゃんとやれている普通の人だから、何も言われなかったんでしょうけど、その頃は、自分が本当にそこにいるのかどうか、自信がなかったんです。

だから、ほめられると嬉しいっていうのではなくても、声をかけられるとうれしいです。

今、ここにいるし、人にも見えているんだってちゃんとわかるからです。


うーん。そういう自我意識の薄さって、やはり私たちには実感できないから、接する上で心がけておきたいところですね。

でも一方でちゅん平さんは、ほめなくてもいいところでほめられる必要はないとも言っていましたよね。それはどうしてですか？


過剰にほめられると、何だか馬鹿にされているような気になるからです。そして一度腹が立つと、そのことばかり気になって、集中力が途切れがちになります。子ども扱いされているんじゃないかと逆に不安になります。

ほめられると伸びる、ってよく言いますが、私は半々がちょうどいいんじゃないかって思います。

子どもでもない限り、日常生活の中でほめられることって、そうそうないと自分では思

っているので、大げさな感じがしてしまいます。

 そらそうだよね。ほめられるのは普通は子どものうちだけ。

 ほめなくてもいいところでほめられると、重いです。今以上のことを求められているのかって、かんぐったりしてしまいます。いちいち反応もしなくてはいけないし、面倒くさいです。

 そうそう。私もほめられるのあまり好きじゃないんだけど、それは反応するのが面倒くさいからだなあと思います。「あんたにほめられなくてもそれくらいわかっているよ」というところでも謙遜とかしてみなきゃいけないし、「あんた違うよ、そこ、ほめるとこじゃないよ」と思っても御礼言わなくちゃいけない。めんどくさいですよね。

で、自分がほめられるの好きじゃないから、ほめるのが上手じゃないんですよね。ASDの人と仕事いっぱいしているのに。だから、これまでちゅん平さんも上手にほめられなかったと思います。それでもよく本を書いてくれたな～と思っています。

 でも、今通っている作業所には、ほめられないと作業できない人がいます。

私だったら、「それくらいできますよ！」と怒ってしまいそうなこともほめられて、喜んで笑っているので、人によってはほめられ続けることも必要なのかなと思いました……。

性分にもよると思いますが、私はほめられては伸びない気がします。

たまにだから嬉しいんですよね。

セルフ・エスティームを高める方法

じゃあ「ほめられる」ことと「セルフ・エスティーム」はどう関係あるんだろう？ほめなくてもいいの？

やっぱり第三者にほめられることが一番セルフ・エスティームを助けてくれると思います。

第三者って誰？

親じゃない人です。

支援者はどうですか？

今はもう、支援者にほめられてもあまり嬉しくないです。

そのときの支援者っていうのは、心理的ケアをするっていう人の意味ですね？

大げさなんじゃないかな、って思ってしまうんです。

はああ、そうか。

すごい小さなことを一生懸命ほめてるんじゃないかな、と思って。

まあ社会ではほめられないようなこともほめますよね。それは支援者の仕事の一部だもの。

そういうのが必要な人、必要な段階ももちろんありだと思うんですよ。でも私は支援者じゃないから、却ってヘンなことでほめると、馬鹿にしているような気がしちゃうんです。

そうそう、そうなんですよ。

でも支援者はほめるよね。たしかにね。

なんか当てにならないな～っていうのが自分の中であったみたいで。

ふーん。

世の中そんなにほめられることってないなあと思うんですよ。

ないですね、大人になると。

だから「別にほめられなくて当たり前だ」って思っていることが、セルフ・エスティームが真っ当だっていうことなんじゃないかな、って思ったり。

そうかも。それも名言だね〜。

「できなかったことができるようになる」ことが自信になる

それと、ちゅん平さんは最近電話で「週に五日通えるようになったのがとても自信になった」って話してくれましたね。あの言葉は印象に残っています。それは、今までできなかったことができるようになったからですか？

定型発達の人に近づけたようで、つまり、憧れの週五日に到達できたことが嬉しくて、自信が持てるようになったんです。

前ほどではないですが、自由業に「まっとうに働いていない感」がやっぱりあって、どこかに勤めて働くのがささやかな夢だったんです。

自由業がまっとうな仕事じゃない、とは思わないけど、収入が入ってきたりこなかったりで不安定なことはたしかです。お勤めの人は自由業をある意味過大評価している面があるんだけど（時間が自由とか、当たれば大きいとか）、これで生計を立てられる人って本当にわずかだし、文学の世界なんて賞をとった人でもバイト生活しているのはざらで

すからね。

だから私も翻訳家の養成をやっていたとき、主婦でなければ、バイトしながらやったほうがいいよ、と薦めていました。そのほうが世界も広がるし、翻訳の作品にもいい影響が出るからです。

ちゅん平さんもできれば外で働いたほうがいいなと思うのは同じ理由です。それでも本当に身体が弱いのを知るにつれ、難しいのかな、とも思わざるを得ませんでしたが。

以前は、仕事の訓練をするだけでもきつかったです。でも今は、毎日働きに出ている自分がたくましく感じられます。
生活にメリハリができたので、うつになることもほとんどないし、情緒的にも強くなった気がします。自律神経の安定をすごく感じます。
岩永先生が説明していた、生活する体力（行動体力）も、身を守る体力（防衛体力）もアップさせてくれているようです。（『続自閉っ子、こういう風にできてます！』参照）
それに、働いて疲れると、睡眠がすごく上質なものに変化しました。食欲も正常です。ご飯って美味しいんだとか、熟睡するって気持ちがいいんだとか、以前は感じられなかった感覚が生えてきて、毎日、新鮮な驚きの連続です。それが、自立生活を続けることの

支えになっています。

何年か前は、一人で生活をするなんて考えられなかったのに、今はそれができていることに喜びを感じています。

今まで、何度も自立訓練に失敗しているから、挫折感ばかり味わっていました。自分は自立に向いていないんだとか思って、この先どうしたらいいのかわからなくなって途方にくれたり、親が今以上に年老いて、私のサポートをできなくなった時に共倒れするかもしれないと取り越し苦労したりしていました。

その根底にあるのが、仕事をできない貧弱な自分でした。

仕事に通いたいけど、体力がない。

いい年をして、仕事にも就いていない（作家活動は別として）。

自分はニートなんだと思い、すごく自信のない毎日を送っていました。

だから、今の私にとっては、週五日仕事に通えることは、自立している証なんです。そのことが、生きる自信になっています。

六ヶ月経ちましたが、通い続けることで、さらに体力がついてきました。気力も戻ってきたように思います。

自分の中に、生活の土台が定着してきたんだなと感じることが、よくあります。親の負担を軽くできたことにも自信が持てました。

今までできなかったことができるようになって、自信がついたんですね。

はい。

だから、ストレスからまったく遠ざけられていては、自信ってなかなか身につかないんじゃないのかな。

はい。何かを乗り越えてこそ、得られる感覚や感情ってあると思うんです。

ちょっと今まで手の届かなかった目標に手が届くようになったときに自信って身につくんですね。

そうですね。特に無理かもしれないって思っていたことができたときに感じる思いは格別ですね。

実際に療育の場面では「無理させない無理させない」が多いでしょう。それは、「やればできる」と押し付けられてきた歴史の反動みたいなものかもしれませんね。「無理させない」ことはもちろんある場面では必要なことだし、発達障害の人へのエチケットでもあるようだけど、やはり場面限定でもある程度ストレスがかかったほうが自信っ

てかえって身につくみたいですね。真綿でくるむようにして育てても、セルフ・エスティームは高くならないみたいですよね。

他人の成功と折り合いをつける

セルフ・エスティームは高まんないですよ。くるまれていても。

高まんないし、いざちょっと自分よりできる人が出てきたときに対応できないんですよね。

むっとしたり。

ひどい場合だと、世の中恨んで事件起こしたり。だって、他人の成功って大変にストレスフルなものじゃない？

そうですね。

で、自分がどれだけがんばっていても、他人の成功って止められないんですよね。

(笑) そりゃそうですよね。

だから世の中を生きていくということは、他人の成功と折り合いをつけながら生き

ていかなくちゃいけないということなんだけど、真綿にくるまれてストレス知らずで育てられると、自暴自棄になってしまいますよね。その極端なケースの人が「誰でもよかった」系の犯罪に走ってしまったりするんじゃないかな。

それはやはり、教えないといけないことですよね。

教えないといけない、って何を？

他人は他人の配分でやっているから、成功していく、つまり自分を追い抜くこともあると。小さいころにそう教えていないと、ちょっと負けただけで悔しがったりしてしまうと思います。

それはね、たぶんね、定型発達の子はすごく苦しみながら覚えていくんだと思います。明文化しなくても。それをはっきり言ってあげたほうがいい場合もあるのかしら。

そうですね。

まっとうなセルフ・エスティーム

ちゅん平さんは自分で、セルフ・エスティームってどうだと思いますか？　高いと

思いますか？　低いと思いますか？

普通だと思います。

私もそう思います。ちゅん平さんのセルフ・エスティームは等身大。

小さいころに、個人がやっている塾に通わされて、そこのすごい鬼婆みたいな先生によく言われていたんです。「他人はもっとがんばっている」って。自分より上の人がいてもそれは当たり前のこと、って。だから学校でも、成績が悪いからといって落ち込むこともなく、良いからと言ってはしゃぐこともない、と教えられていました。

それはいい教えを受けましたね。まだちっちゃいころだったから余計よかったですね。とくに、素直ですものね、ちゅん平さんは。まっすぐ受け取って、ずっと覚えていたんですね。

はい。

私もね、ちゅん平さんはすごくまっとうなセルフ・エスティームを持っていると思います。

ありがとうございます。

だけど正直言って、昔は発言が高慢ちきに聞こえていたことはありましたね。だか

ら人によっては、ゴーマンな人だと受け取ってしまわれたかも、とは思いますよ。それが支援を受けてからなくなったの。高慢ちきな発言が。

はあああ。

本当は高慢ちきじゃないのに、社会性がないばかりに、高慢ちきに聞こえる発言をしていたかもしれない。

例えばね、横浜で小さい講演をいくつかこなしていた時期がありましたね。ちゅん平さんのお話はとても喜ばれましたけど、ときどき聴衆のお母様方からイジメに関する質問があったんですね。「どうしてイジメられたんですか?」って。

わかんないですよね。いじめる方に訊いてほしいです。

そうなんですよ、本当は。でもその辺は自閉っ子、律儀だから答えようとするのね。それで「私はきれいで、成績が良くて、お金持ちだから憎いと言っていじめられました」ってよく答えていたの。それはたぶんいじめっ子たちが言ったことを繰り返しているだけなんだろうけど、やはり本人の口から出ると結構違和感のある発言なのね。それが支援を受けてからぴたりと止まったんですよ。自分で気がつきましたか?

ああ、確かに言っていましたね。

あの時は、他に説明の仕方がわからなかったんです。

でも確かに、自分の口で「自分はきれいで頭もよくて云々」って言っている人って、「何様!?」って思いますよね。

何で言わなくなったかというと、支援者の方に「きれいで勉強ができて云々」というのを丸抱えで一度同情してもらえたんです。

「可哀想にね」って言ってもらえた。

それがあってから言わなくなりました。

あの説明の仕方は、私の中で唯一成仏できていなかったものなんです。

そんな理不尽な理由でいじめられなければいけなかった過去の自分に、誰か一人でも同情してもらいたい、という気持ちが強くて、いつも口にしていたのかもしれません。

今ではその理由が本当だったのかどうかなんて、もうわからなくてもいいと思っています。

そうだったんですか。それはやはり専門家だからできたことですね。私だったら「何この人?」っていうのが先に立ってしまって、しかもずばりとそれを指摘することもできなくて、放っておくしかできなかったと思います。とにかく、ああいう発言がなくな

って、ちゅん平さんが持っている割合等身大のセルフ・エスティームが発言にそのまま出てくるようになりました。

はあああ。そうですか。

ニキさんもセルフ・エスティームまっとうなんですよ。まあ自虐っぽいところもあるけど、口では色々言いながらも生命体としての自分は大事にしているしね。一方で、セルフ・エスティームが過度に高い人もわりあい出会いますよ。

でもちゅん平さんのセルフ・エスティームは、本当はとてもまっとうですよね。だから自分に障害があることを受け入れて、障害がある人向けの就労支援に地道に取り組めるんだから。

実はね、ちゅん平さんが作業所に通っている話を講演で聴いて、「じゃあ私も通おう」と思うようになった人もいるそうです。

は？

その人もね、アスペルガーで精神障害の手帳が取れたそうです。それで社会に居場所がなくて、作業所に行ってみれば、って言われて、周囲は「生活習慣づくりのためにも通えば」って言ってたんだけど、自分は知的にも高いし作業所なんて、って拒否していた

らしいの。でもちゅん平さんが活き活きと作業所に通い、誇りをもってそのことを講演で語るのを聴いて「藤家さんほどの人が行くんだから私も行こう」って行く気になったんですって。

はあ。

世の中には障害があることをまっすぐ受け入れられなかったり、誰かのことを永遠にうらやましがっていたりする人もいます。それを思うとちゅん平さんのセルフ・エスティームってまっとうなんじゃないかな。

嫉妬する人しない人

あのね、ちゅん平さんは妹さんに対しては嫉妬みたいな思いを抱いたりしてきたけど、あんまりその他の人と自分を比べてぐじゅぐじゅすることないでしょ？

ないですね。

それが「この人のセルフ・エスティームはまっとうだ」と思った理由かもしれません。たとえばあの人のほうがお金持ちでいいなとか、そういうことはあまりちゅん平さん

の口から聞いたことがありません。それはもしかしたら、他人への興味のなさがうまく作用しているのかなとも思うんですが。

ああ、そうですね。あんまり興味ないですね。

ないですよね。

ニキさんもそうなんですよね。あまり他人をうらやまない。でもそれがすべてのＡＳＤの人の共通点じゃないのよね。強烈な嫉妬を抱く（抱ける）人もいますね。

「心地よい疲れ」を覚えた

元から、自己評価が高すぎはしなかったちゅん平さんですが、それが今、週に五日通えるということこれまで考えられなかったことができるようになったことで、自信がついたんですね。今までできなかったことができるようになって。

そうですね。週に五日なんて想像もしたことがなかったです。

私も想像もしたことがなかったです。あの弱いちゅん平さんにこんな日が来るなんて。

行くだけでも大変だったのに、四時間作業をこなして帰ってくるので。

すごいですね。

それがすごいいい塩梅の疲労になっていると思います。

なんか最近、心地よい疲れとか言うじゃないですか。それ聞いて感動しました。今までは心地よい疲れとか、身体が感じることができなかったのに。

だから、サロンでしゃべっているだけでは心地よい疲れはないと思います。それに実際当事者同士で会ったときに何しゃべっていいかわからないし。

ですよね〜。みんなマイブームのネタばっかり話したくて誰も聞いてなかったりすると、無駄な時間ですよね。

で、やっぱりアスペルガーもタイプがあるじゃないですか。一人高慢ちきな人がいたらすごい大変だと思います。

巻き込まれるしね。巻き込まれやすい人たちだし。

他人からの評価に慣れる

そう言えば、当事者として活動していると、別の当事者たちから「こんなのアスペルガーじゃない、他の障害だ」って言われたり、本についてシビアな書評がついたり、そういうことが付きまといますよね。以前は、酷評とかに落ち込んでいた時期がありましたね。

実を言うと定型発達の私たちは、あまり傷つかないのね、作品に対する評価には。仕事の一部だと割り切れるんです。

今でもやっぱり傷つきますか？　自分の本にへんなこと言われたら。

自分自身があまり評価をしない人間なので、初めは嫌なことを書かれていて驚きました。

ああ、そうですねえ。ちゅん平さん自身はあまり他人の本に対してネガティブな評価とかしませんよね。

当時はびっくりすることって、怖いと感じていたので、すごく落ち込んでいたんだ

と思います。

そうか。そのあたりの感情が未分化だったかもしれないですね。たしかにそう言われてみると、数年前より感じられる感情の種類が増えたんですね？

はい。それから、家庭内でずっと妹と評価されて育ってきたので、その辺のトラウマがあって、過敏に反応していた時期があったと思います。

今では、そんなに傷つかないです。

私も好き嫌いの意見を持つことはあるし、それを表に出さないだけで、逆に「人の本に書評書き込むような人も存在するんだ〜」と思えるようになりました。

大人になりましたね。

前は、お金出して買ってもらったからには、本を出した意図も、タイトルの意味も、内容も、私に近い解釈の仕方をしてもらえなかったら、損させたような気になっていましたが、最近になって、人にはそれぞれ思考があると知ったので、違った解釈をされてもいいんだとわかりました。

そうそう。私ね、ＡＳＤの人たちと接していて「セオリー・オブ・マインドが効かないっていうことは、人の気持ちがわからないというより、『(自分を含めた) 人にはそれ

ぞれ気持ちがあることがわからない』ことじゃないかな、なんて考えるようになりました。

だとすると、誰かが思っていること＝動かしようのない真実、と思ってしまって、落ち込んでしまうのかなと思います。

自閉圏の人が他人からの批評に弱いのって、だからなのかな、とか。

私たちは「人の考えはそれぞれよね」って思えるまでの時間が短くて、度合いが大きいんじゃないかと。

でも、一生懸命書いた本なので、自分の本にへんなこと書かれたら、いい気持ちはしないです。

以前、浅見さんが、本を出してしまったら、そこでその作業は終わり、みたいなことをおっしゃっていましたが、覚えていらっしゃいますか？

今はそれを体で覚えようとしています。

だから、今まで出した本と、かなり距離を取れるようになりました。

それまでは、自分の分身とか、自分の子どもみたいに思っていました。

だから、ひどい書評にはひどく傷ついていました。

一度手から離れたら、それはもう終わったものと考えていいんだって、最近、浅見さん

の言っていたことの意味がわかるようになってきました。

あ、ちょっとそこは説明が必要ですね。

本は子どもであり、分身です。それは間違いありません。

だからこそ世の中に出たら、もう自分だけのものじゃないんです。

だって親だって精魂こめて育てた子どもを世の中に送り出して、ゆだねるでしょ？

世の中に出たら思わぬ批判を受けるかもしれない。でも親には見えなかった可能性を見出してくれることだってあるんですよ。

本は出したら読者のものにもなるんです。「こう読んでほしい」と思いはあるだろうし、その思いをもって本作りをすることは絶対に必要ですが、それが百パーセントかなわなくても悪いことじゃないんですよ。

愛を込めて、でもある時点で見切るんです。もう私の手を離れた、って。

自分が意図したのとは違う読み方をされるかもしれない。それでもいいんです。

人には解釈の自由がある。

そして育てた子どもは、親だけのものじゃないんです。世間の一員なんです。

説明ありがとうございます。よく理解できました。

それでは次は、ご家族との間柄が改善した話を次にお願いします。今のお話で出たように「人はそれぞれだ」と理解できるようになったことが、ご家族との関係改善につながりましたね。

家族に思いやりがもてるようになった理由

人には人の都合がある

「人それぞれ」という話が出ましたが、この前電話で、**「他人には他人の都合があるってわかった」**って言ってたでしょう。それがわかったって、私、すごいことだと思うんですけど、それからご家族とも折り合いがつけやすくなったみたいですね。

そうですね。

そのへん話してもらえますか？

はい。

今までは自分時間しか知らなくて、自分が他人の時間もしょってるって思ってたんですね。

その「自分時間」っていうのは自分が過ごす時間ですね。

はい。他人には独自の時間がないように思えていたんです。

だから例えば自分がヒマなときでも相手が何か用事があるというのを想像できなかったんですよ。だから○○しない？　って相手の迷惑を顧みずに誘ったり、○○してくれな

い！　ってむっとしたりして、人の時間を邪魔していたんですね。
　でも人はそれぞれの時間内で生きているんだ、だから私が見えないところで何かをしているかもしれないし、休んでいるかもしれない、っていうのがわかりはじめて、そうすると人にはスケジュールがある、ていうか人に「も」スケジュールがあるというのがわかってきたんです。それからは、実家に帰る日は家族のスケジュールを予め用意してもらってます。
　そうするとこの時間帯何をしているというのがわかって、空き時間があればここは一緒にいられるんだなと理解できます。だったらこの時間はおしゃべりできるんだ〜とかわかります。

例えば、お母さんはこの時間になったらお仕事があるとか家事があるとか、だから邪魔しちゃだめだとか、わかるようになったんですね。

はい。だからその時間は自分で何かしなきゃいけないんだっていう風に、空いている時間をうまく使えるようになりました。スケジュール管理が大事って本来こういうことだったのかなって思っています。

スケジュール管理が自閉症の人に大事、っていうことがそういうことかどうか、私

にはわかりません。でも、それくらい視覚化しないとわかんなかったってことですよね？

他人には他人の都合があるということが。

はい。そうですね。

だからはっきりと教えてもらえれば、ずいぶん早くわかったかもしれないですよね？

そういうことが。

教えてもらうとわかるかどうかも個々のアスペルガーの人次第だと思います。

まあ資質も違えば、タイプも違えば、成長段階も色々だから。わかっても受け入れられない段階の人もいるでしょうし。

聞いても「は？」というような子もいると思います。

じゃあスケジュールを家族の分まで提示するのはどうでしょう？　お母さん、ちゅん平さん、妹さん、お父さんみたいに全員分が張ってあって、誰が六時からは何をしているかわかる、みたいな。そうしたら、何時からは全員で話ができる、とかわかりやすいでしょうか？

わかりやすいです。自分ひとりで暮らしていたら自分だけのスケジュールだけでいいんですけど、実家にいたりしたら、人の分までスケジュールが要るんじゃないかと思い

ます。

ほんとうですね。でもそうやって全員分のスケジュールが視覚的にあれば、家族には家族の都合があるとわかりやすくなるかもしれませんね。

自分と違う時間帯に生きていることがわかりやすいと思います。

お父さんにしても、この時間はお仕事、っていうスケジュールが貼ってあったほうが、その時間もお父さんが存在しているってわかるじゃないですか。ちゅん平さん以前、親が目の前にいないとき「出待ち」なんだって思っていたって書いていたものね。

私はそういう風にして、「あ、本当に人ってそれぞれなんだな」って意識するようになりました。

家族は備品じゃないんだ

「他人の都合がわかるようになった」ってすごいなと思います。

そうですか。

定型の人だってなかなかわかりにくいから。その結果、妹さんにも思いやりを持つ

ようになったんですよね？

はい。そうですね。妹は、私のせいで調子を崩したこともあったんですね。気を遣いすぎて、とか。最近妹がよく言うのは「私の考えでお姉ちゃんにこういう風に接してたけどそれがよくなかったのかなあ」とか。以前はわりと、私に気を遣って言いなりだったんです。

それを妹さんなりに反省してしまったんでしょうか？

それを聞くと「ああ、すごいよく考えてくれてるなあ」と思って。前は本当に妹に依存していたんですよ。妹がいるからたぶん生きていける、っていうくらいに。

そんなに妹さんが大きい存在だったんですか！　びっくり！　依存って、どういう風に依存していたんですか？

精神的に依存していた、っていうのと、あと自分の存在が、妹と対になっていたので。こいつがいるっていうことは私がいるっていうことだ、っていう風に思ってて。

へ？　それってやっぱり自我意識が希薄だからかな？

そうなんだと思います。

私たちは、「こいつがいるから自分がいる」くらいに大きい他者の存在は必要とし

ていないですね。やっぱり「自分」という意識が比較的確固としてあるからだと思います。相当自我意識が薄くないと、そういう風には考えませんよね、なかなか。

だからどこに行くにも腕を組んでいたし、よっかかってたりすることもあったし、それを支援を受けるようになって注意されたんですね。妹さんには妹さんの都合があるからって。そこで初めて、「あ、そうか。こいつは私の備品じゃないんだ」って思って。

あはははは！　家族備品説って、よく自閉っ子が唱えますよね。

で、あ、そうか妹に頼らなくても生きていけるようにならなきゃ、それと、私が頼らなくても妹が私を好きでいてくれることには変わりはないんだ、って理解できたんです。

そうですね〜。

あと妹は長い間会わなくても消えたりはしないと理解できたのと、あと本当に妹が好きだから、迷惑かけちゃいけないって理解できるようになったんです。

すごい！　どうしてそんなすごいことわかったの？　備品じゃないから、妹の都合を犯してはいけない、ってわかったの？

そうですね。だから母に対しても、母は備品じゃないんだから、母が私の言うこと聞かなくても怒ったりしてはいけないとか、わかってきました。

どうして？　すごいね！　どうしてわかるようになったんだろう？　不思議。

不思議ですよね〜。

ある日悟りを開いたの？　天から降ってきたの？

わからないですけどね〜。巨人の存在がぱっと消えた瞬間とかぶってますね。

要するに自分が主体だってわかったからですか？　自分の行動によって他人が影響を受けるってわかったから？　それまでは巨人のせいにしていればよかったんでしょう？

うーん。

じゃあこういう言い方はどうだろう。**自分の行いによって妹さんやお母様がハッピーにもアンハッピーにもなるって気づいた、**とか。

うん、それ。そうですね。それがわかったんだと思います。

へーすごーい！　なかなかわからないよ、定型の人でもそれ！　ちゅん平さんやっぱり、物分りいいよね。

そっちのほうだと思います。あんまりかんぐりはしないというか。

そうですね。

アスペルガーの素直なところを、そういう風なところで利用してほしいですね。

そう。素直なんですよね、アスペルガーの人。すごくひねている人も、わりとはっきり言うと素直だったりすることがありますね。定型発達者はえてして遠慮した言い方するから、それだとひねっぱなしになってしまうかも、とか思うけど。ただ、ものすごく根本的なところからカンチガイがあると、奥に埋もれている素直さを掘り当てるまでに時間がかかったりするんだけど。

家族が腫れ物扱いをやめてくれたのは助かった

家族支援ってとても大切だと思います。うちの家族も、自閉症についてよく教えてもらうようになってから、私に対する腫れ物にさわるような扱いをやめて色々なことをはっきりと教えてくれるようになりました。言うべきことを言うようになってくれたというか。

どういうところで、腫れ物扱いをやめたんですか？

一度人にあげたものは、取り返したくても「返して」とは言わないとか。

あはは！　そんなこと言ってたの！

よく妹に言っていました。洋服とか貸しあいっこしていて、勢いであげたやつがまたほしくなったときとか。特に他人に対して言っちゃダメなことですね。

そうだね～。

あと、思い込みなんかも、推測してくれて、普通、みんなはこんな風に思うんだよと教えてくれました。

考え違いしているのも、「そんな風に考えるんだ～」って一回こっちの意見を聞いたうえで、訂正してくれます。

それから、自立について意見を言ってくれるようになりました。

家にいる時は、家事とか、できることから選択してあえてさせるようになったりしました。家族みんなの洗濯物は大変だから、タオルだけとか、シャツだけたたんでおいてとか、自分の食器だけは洗いなさいとか。

やりたくないって言うと、やりなさいって怒られたりします。

自分の食器はね、だいたい小学生くらいから普通は洗うようになると思うけど。

私がこれまでやらなかったのは、水にぬれるから嫌だと思うからやりたくないのであって、家事ができないというわけじゃないんです。

ははあ。

そういう時、ちゃんと、そうだったことを思い出させてくれます。

習慣をつけることも大事だと教えてくれました。

布団を敷くときも（家では敷布団で寝ます）、シーツとかタオルケットとか重みのないものを扱うのが苦手なんですが、母と一緒に両端を握ってだとうまく敷けます。

私もそれは苦手です。たしかに手伝ってもらったほうがやりやすいですね。

お父様はどうですか？　何か注意してくださいますか？

父は言葉遣いとか、私がちょっと大げさに言ったりするのを気にかけてくれていて、例えば、以前言っていた「死んだらちょうだい～」みたいな表現をすると、「そういう言い方はグサってくるから言わないで」とやんわり注意してくれますね。

ははあ、なるほど。ある意味、ご両親も自閉を深読みしなくなったんですね。それで摩訶不思議なちゅん平さんの行動・言動が、悪意とかワガママじゃなくて、カンチガイとか五感の偏りから来ているんだってわかってきたのかも。だから、それに応じてきちんと言うようになったんですね。

私の場合、一応道徳観念はあるみたいなので、悪い考えみたいなことを訂正された

りすることはあまりないですが、それでも万人受けしないような意見や考え方をしてしまった時に、ささっとフォローしてくれるようになりました。

最近、妹が「私が良かれと思ってとっていた態度が、結局お姉ちゃんを甘やかしていたのかな？」と言う機会があって、それをきっかけに、よりいっそう私の行動（特に休日、家での過ごし方）を分析して、その結果家族全員分のスケジュール表を作ることになりました。

私は結構スキンシップをとることが好きで、妹とも一緒にいる時間が長かったんですけど、妹は一人でいるのが好きな子なんですね。

私が帰ってくると、必要以上に無理して一緒にいてくれたみたいなんですが、それがどうやらきつかったみたいで。

それをきっかけに、両親が「一人でいる時間を作ってあげなさい」って提案してくれました。

前だったら遠慮して言わなかったことを、ご両親が言ってくださるようになったんですね。

家族じゅうのスケジュールを見えるようにした

だから、スケジュール表ができたんです。

今は週末、ちゃんとパソコンを持って帰って、一人で過ごす時間を作っています。以前だったら、私は妹と一緒にいるのが一番リラックスできているから、という感じで、注意してくれなかったんです。

でも、今はちょっぴりがっかりすることでも教えてくれたりしますよ。

お知らせには残念なものもあるんだとわかりました。

下手な遠慮みたいなものが家族間にあったときは、家族には閉塞感があっただろうし、私の方にも、なんとなくですが「手放しで喜べない空気出ているぞ感」みたいなものがありました。

嬉しいけど、これに慣れているとあとで痛い目を見るよな、という感じです。


痛い目って？

痛い目って、事態が変わった時、例えば、妹がお嫁さんに行ったとか、家族が亡く

なったとかしたときに、慣れられないんじゃないかな、とかです。
残念なお知らせ系の発表はかなり増えてきました。予定とかだけでなく、人となりみたいなものについても。

人となりみたいなものについての残念なお知らせってなんですか？

例えば、ある人のいい面しか見ていなかったとすると、誰かが、その建前や裏の面を教えてくれるということです。人となりというか、その人と私の関係についての残念なお知らせのことです。

ああ、そういう説明も時には必要かもしれませんね。

以前、支援者の方から、ある記者さんとのことをこう教えられました。
ある記者さんのおうちに呼んでいただき、仲良くなったつもりでいたんですが、私が自閉症スペクトラム障害だから家族と会わせてくれたのであって、個人的に仲良くしたいわけじゃない、と。私はお友だちと思っていてくださるからだと信じて疑わなかったのです。でも、その手前で、新聞記者としての役目がある、と。
その記者さんはいい人だけど、建前として取材があったんだな、とわかりました。
それは私にとって、少し残念なお知らせでした。

人間関係の距離の取り方は難しいですよね。そういう説明を聞いて、パニック起こしたりしませんでしたか？

前もって説明しておかなければいけないことって、よくアスペルガーの人は聞かされると思うんですが、その瞬間がすでに突然の出来事なので、どうしてもパニックは起きると思うんです。子どもだったりすると。

でも、パニックが小規模ですむので、言いにくいことでもやっぱり伝えてもらった方がいいと思うようになりました。

本当にくどくどと説明すれば、もちろんその記者さんにだって、お友だち的な気持ちが皆無ではなかったのかもしれません。でもそのへんの使い分けが難しいから、自閉の人は仕事の人と遊びの人をきっちり分けたほうが混乱しないのかもしれないですね。

どうして忠告を受け入れられたか？

家族が腫れ物扱いをやめたことは、昔でも受け入れられたと思いますか？　それともちゅん平さんに心の準備ができてきたから受け入れられたと思いますか？

家族も自閉症を理解してくれると、生きやすくなります。腫れ物扱いをやめられるのは、昔でも受け入れられたと思います。

というより、ずっと昔から、腫れ物扱いをされるのを嫌がっていました、私。

指摘してくれるのって、家族くらいでしょう？　だから、アスペルガーの特性のせいでカンチガイしていることは、親にこそ教わりたかったです。

うちは、妹がきっかけで、私が間違っているところを注意したり、正してくれたりするようになりました。

親や家族は、自閉症の特性（カンチガイが多いこと）を充分に知った上で、遠慮せずに教えていくべきだと思います。

腫れ物扱いされていた時は、両親とはこのままわかり合えないままだと思っていました。アスペルガーについて何も質問してこなかったからです。

むしろ行動を観察したり、質問されたりする方が、興味をもたれているんだとわかるので、嬉しいです。

教えるのも愛、叱るのも愛だと思います。

あとは、その愛情というものの定義を教えてくれたら、家族との壁が低くなるんではな

いでしょうか。

だから、支援の機関には、親の育成にも力を入れてほしいと思います。

本人にどういう特性があるかを素直に受け入れて、親や家族もゆがみを正すことに積極的に加わってほしいです。

家族の理解が得られた理由

で、この前浅見さんが、障害に対する親御さんの理解が得られないケースもある、それに比べて私は幸せだね、と言いましたよね。私がアスペルガーって診断されたのは母が四十代のときだったんですね。で、六十代とかで診断されたら、受け入れられなかったかもしれない、って母は言っていました。それは体力の余力とかが違うから。だから、子どものアスペルガー障害を受け入れられない人の気持ちもわかる、って言ってました。私は「なんで受け入れられないんだろう?」って思うんですけど、それはやはり恥ずかしいから受け入れられないんですかね?

それもあるし、今までずっと持っていた障害観ってあるでしょう?

そうですね。障害者は車椅子だとか。

車椅子の人はわかりやすいけど、知的障害がない自閉症なんていうのは、とても新しいじゃないですか。

そうですね。

そうすると、ずっと普通学級に行って成績もいいのに、大学も出てるのに、いきなり障害者って言われた、みたいになって、戸惑ってしまうのではないでしょうか。

なるほど。

でも今は、受け入れてくださっているんですね。そしてちゅん平さんも、ご家族に思いやりが持てるようになったんですね。本当に良かったですね。

家族じゅうのスケジュール表が見えることで
他人の都合がわかり
思いやりがもてるようになりました

心身を安定させるため、自分に言い聞かせていること

あと、最近自分に言い聞かせていることもまとめてみたんです。

＊　＊　＊　＊　＊

①自分時間と他人時間の発見
②自分の想像はあてにならない
③レアなケースはレア
④スケジュール管理の重要性
※自分では考え出せないという弱点アリ。
⑤自立生活の必要性と社会経験をつむこと
⑥無駄な想像の自己負担の軽減
※シナリオでつながらなくなったので脳が忙しくなくなった。
⑦家族依存の軽減を目指す
⑧カリカリ人間からゆったり人間へ
⑨自閉のままで構わない

※世の中のルール、自分と他人の区別がつく、暗黙の了解さえ覚えていたらいい。
たとえ理解できなくても。

⑩　過集中型の脳みそとの付き合い方

⑪　社会は厳しいけど怖いものじゃない

⑫　QOLを重要視する

＊　＊　＊　＊　＊

この②　自分の想像はあてにならない　ねえ。

私は正直言って、これは残念だけどASDの人の場合気をつけなきゃいけないと思います。とくに今、ネットがあるでしょう。勝手な思い込みをよく調べもせず発表しちゃうと触法行為にもなりかねないですしね。

ちゅん平さんはそういうことはやらないけど、どうして「自分の想像は当てにならない」と思ったんですか？　不安の種を脳みそが拾ってきちゃうからですか？

最初は、ニキさんの本に書いてあってこのことを知りました。大先輩のニキさんが言っていることだから、間違いないだろうと思ったのが最初です。

あとは、私、家族の気持ちなら絶対全部酌めるだろうと思っていたんです。

でも、そうではなかった。

それなら自分と関係ない他人の気持ちを想像することなんて、絶対ありえないだろうと思いました。

それからです。

気持ちにしろ、世の中のことにしろ、自分の想像がぴったり一致することなんてありえないんだ、と。

人にはそれぞれ考えがあると知ったことも、自分の想像はあてにならないと思うに至った重要な一因です。

考えがあるってことは、想像もするだろうと思いました。

世の中には、何万、何億通りの考えがあるとイメージしたら、自分の想像なんて、単なるちっぽけな、本当に、思い込みなのかもしれないと思うに至ったわけです。


ほほお。よくそこにたどりつきましたね〜。

じゃあこれはどうでしょう。

⑤ 自立生活の必要性と社会経験をつむこと

これ、具体的にどういうことですか？

自立生活は、責任感を養うので、経験した方がいいと思うようになりました。責任感が出てくると、自分の生活を丁寧に過ごすようになり、ＱＯＬの向上につながりました。だから、一度は自立生活を経験することが必要なのではないかと思いました。それから、社会経験をつむことは、カンチガイの軽減につながります。

そうですね。色々な人の考え方に触れるから。

世間的に、考え方や認識がノーマルの人って、生きやすいと思うんです。アスペルガーのためにカンチガイや思い込みを抱えていても、経験から学んでいくことで、生きやすくなると知ってほしかったので、それを自分に言い聞かせる項目に入れました。

なるほど。じゃあこれはどういうことですか？

⑧　カリカリ人間からゆったり人間へ

気持ちを大きく持って、ゆったりとした生活をするようになったら、胃が痛くなることがまったくなくなりました。

私の場合、いつもセカセカ、カリカリしていて、慢性胃炎に悩んでいました。

『自閉っ子、こういう風にできてます！』で語っていたように、いつも人事を尽くして天命を待つ、みたいな生活をしていたので、気持ちに余裕がなかったんです。

でも、滅多にないことは、そうそうないと、ニキさんの本で学んだら、世の中、恐怖でいっぱいだったのが、そうではなくなったんです。

巨人がいなくなったのも、心配事を減らしてくれました。

お医者さんがおっしゃっていたのですが、カリカリしているよりも、ゆったりしている方がうつになりにくい気質らしいです。

実際に、今はすごく安定しています。

過去、すごくカリカリしていたけど、そうじゃなくなることも可能なんだということを伝えたくて、自分に言い聞かせる項目に入れました。


じゃあこれは？

⑫　ＱＯＬを重要視する

一日一日に満足して生活するということです。

あと、焦らないことです。

出来ないことを嘆かないで、出来ることをよしとするようにしています。

週五日アパートで一人暮らしを頑張ったら、一日実家に帰ることも、ＱＯＬを保つために続けています。

精神的に健康な方が生活の質も上がるので、家族との交流は欠かせません。最近では、長く実家にいると、かえって落ち着かないことがあります。

適度に、自分だけの時間、仕事をしている時間、週末の家族との時間と、メリハリをつけることが大事です。

あ、あとこれニキさんもよく言いますよ

・覚えていたらいい。たとえ理解できなくても

暗黙の了解に気づいたら、とりあえず覚えておくのが、サバイバル・スキルなんですね。いつか理由がわかるかもしれないし、わからないかもしれないけど。

過集中型脳みそとの付き合い方

それと⑩ですが、ちゅん平さんは自分の脳みそが過集中型だと気づいて、過集中型の脳みそとの付き合い方を覚えたら楽になったと言っていますね。そのことについても教

えてください。

過集中に関しては今、仕事に振り向けるようにしています。仕事をやっているときにがーっと集中できるように。で、集中力が続かなくなるなあ、というころに仕事が終わるのでちょうどいいです。せいぜい四時間くらいなんですよ、過集中が持つのって。それをうまいこと繰り返して、ぼーっとして、過集中して、と時間を使い分けています。つまり、**過集中のときに悪い方向に考えないように環境を整える**んです。

ああそうか。過集中をポジティブな方向に使おうというわけね。生産活動とか。じゃあ以前は、過集中でヘンなこと考えちゃってたっていうことですか？

そうですね。(笑) 昔なんか妄想めいたことを考えたことがあって、好きなアーティストのこととか。

好きなアーティストのこととかはみんな考えると思いますよ。ただそれが、自分と結婚してくれると言ったとか思い込んでどっかの掲示板にでも書いたら問題だけど。
でもそういう憧れ系の妄想めいたもの以外にも、過集中に困ったことはあるんでしょ？どういうときですか？

うつのときですね。悪い考え方にとらわれているときに過集中型のスイッチが入る

と、それしか見えなくなってしまいました。だからうつのレベルがどんどんひどくなっていくんです。だからたとえば過集中の人がいたら、すごく好きなことを見つけてそれに時間を割いて無駄なエネルギーを発散するとか、そういう風に使ったらいいんじゃないかなと思います。

だからそのためには仕事とか作業がぴったりなわけですね。

そうですね。あと、無駄にならないですよね。お金ももらえるし。

そうですね。何かを生み出しますよね。

なんか、簡単なことだったんですね。要するに**ポジティブに時間をつぶせることが精神の安定を呼ぶんですね。**

その簡単なことに行き着くまでに五〜六年かかりました。

しかもそれが一人でやってきたことじゃないので、ここまで色々な人にかかわっていただいてやっと見つけた答えなので。

こういう本を読んでいただくことによって、みなさんのその努力がちょっと近道できるといいですよね。

友だちづくり

ところで今、友だちづくりって心がけていますか？　私は心がけなきゃいけない、とは必ずし思っていなくて、ただの疑問として訊いているんだけど。

友だちづくりしたいか、って言われると、いや別に、っていう感じですね。職場でちょっと話せるような人がいればそれでじゅうぶんです。

ニキさんが言ってたんだけど、自閉圏の人がある程度年齢がいってから友だちがほしくなっても、そのころになると「定型発達の就労している人は忙しくて友だち募集していない」っていうの。あ、たしかにそうかも、と思いました。それでも今はネットとかあるから、趣味が一致したお友だちとかも見つけやすいし、ニキさんもそういう風にお友だちを見つけて交流が始まって、でも別に近所に住んでいるわけではないので、オフ会でたまに集まるとかして、もう長い人とは十年くらい付き合っていると『スルーできない脳』に書いてありました。それを読んで私、そういえばそうだな、と思ったんです。つまり学校時代みたいに、行けばいる、というべったりした友だちじゃなくて、ふだんはメールと

かで交歓していて、たまに顔を合わせてっていう友だち関係は大人になると「あり」なんですよね。そういう友だちなら、自閉圏の人だって保ちやすいかもねと思った。で、ニキさんとかはそういう人と泊りがけの旅行にも出かけていて。

すごいですね。

そう。平気で相部屋とか泊まっているみたいです。それで行った先で一緒に干物とか買って、家に送ったりしてるみたいです。

すごいですね！

うん。私も「すごいね」って言うんだけど、人を真似しているとできるんですって。人がアジとか買ってクール宅急便でおうちに送ったりしているのを真似するとできるんですって。

あ、私もそれあります。真似するとできるんですよ。

そういう風に覚えていくのか、とか思いました。

私も人の真似をしたり、人の会話を聞きながら「こういう反応やっているんだ」と覚えていっています。人から言われて取り入れて自分流にカスタマイズしていくことで、うまく生きられるようになってきた気がします。

ナチュラルサポート

あと、ナチュラルサポート、すなわち、福祉の外で出会った支援もたくさんありましたね。私が知り合ってからも、ちゅん平さんは様々な人に支援されてきましたね。原稿持ち込んで本を出したことによって色々な出会いがありましたしね。

はい。かなりありました。

本出さないよりは出したほうが、出会いという面ではずっと増えましたよね。

はい。

私みたいにちゃんと叱るときは叱る大人と出会ったり、もっと優しい甘やかしてくれる大人にも出会ったり。あるときは誰かに利用されたり。でも本を出す前からも、もちろんご両親とか、妹さんだとか、小さいときの個人塾の先生とか、色々ヘルプがありましたね。その先生は本当にいいことを教えてくださいましたね。

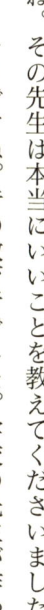

そうですね。昔の教育者でした。学校の先生が作った個人塾で。

そういうナチュラルサポートは、引きこもっていては得られませんね。社会に働き

かけないと。「誰も助けてくれない」と思っているヒマがあったら、一歩でもいいから外に出てほしいですね。

先行投資の大切さ

浅見さんが事前に送ってきた質問表で、私が自分のことを「けち」だと思っているか、っていう質問がありましたね。あれはなんですか？

どう思いますか？　ちゅん平さんは自分で自分のこと「けち」だと思いますか？

私ですか？　何に対してですか？　得た情報を他人に教えてあげないとか？

あ、それはないと思います。他人に対して出し惜しみはしないですよね。ただちゅん平さん、わりと色々な面で「元を取ろう」という精神が旺盛なひとでしょ。

あ、それはありますね。

私、これは一回言おうと思っていたんだけど、元を取ろうとするのはとてもいいことなんですよね。ただね、よそから返って来ることがある。

ふーん。

ちゅん平さんはいつも、大変に狭いターゲットから元を取ろうとするんですね。たとえば大学で授業料払ったら授業を熱心に聴いて元を取る、とか。三十円誰かに払ったら、三十円分以上のものをそこから取ろうとするんですね。でも、よそから返って来ることが多いんですよ。三十円払って、何も見返りがないとしても、腹を立てなくていいの。よそから六十円戻ってくることもあるから。

ふーん。

っていうことって世の中ってよくあるんです。だから返してくれない人に腹を立てなくてもいいの。それがわかったらもうちょっとラクになるんじゃないかなと思ったんです。

ふーん。じゃあ、今までの読書体験をもとに本を書いたら印税として戻ってくるとか、そういうことですか？

印税としてだけじゃなくて、色々な出会いがあったり、その結果ナチュラルサポートが得られたり、とにかく投資した相手じゃないところからも戻ってきたでしょう？

ふーん。

そこをわりとちゅん平さんは、ここに投資したらここで元取らなきゃいけない、と

思い込んでしまいがちだから。

あ、ありますね。

だからそれをなくして、「いつかは返ってくる」と思えるようになるともっとラクになるだろうなと思ったんです。

自立支援プログラムを受けてもうまくいかなかったとき、お母さんたちに世話させないと損だからおうちに帰る、みたいな発想をしていたでしょう。

わははは。ありました。

でもそうじゃないんです。お母さんたちをラクにさせることによってまた誰かの支援が受けられるかもしれないんです。たとえばその作業所の人かもしれないし。送り迎えまでしてくれるなんて、すごいありがたい支援じゃないですか。それはちゅん平さんが「お母さんをラクにしよう」って決めたから巡り合えた支援ですよ。誰かをラクにしようと決心したからよそから支援してもらえたんですよ。それはあるときはサポートという形で来るかもしれないし、仕事という形かもしれないけど。

元を取ろうという考え方はとてもいいことなんですよ。でもよそから返ってくるかもと思うと、もっとラクになるかもしれないと思います。大学の授業に熱心に出るのはいいこ

となんだけど、大学生活は授業だけじゃなくて、違うところでいいこともたくさんあるからね。

なるほど。

割合とニキさんはそれがわかっている人なのね。それでずいぶん得をしていると思います。ラクをしていると思います。先行投資っていうことがわかると腹が立つことが減るし、気持ちがラクになりますね。

ちゅん平さんのご家族は、それができる方たちなんですよ。だから本を出すことを応援するためにブロードバンドにつなげてくれたし、支援組織に有料で支援を託してくれたし、いつかちゅん平さんが自立する気持ちになるときのために無人でアパートを借りてくれたでしょう。それが今実っているじゃないですか、すべて。

それに先行投資をしないと、自由業の人は世の中に出にくいですよ。なかなかそれは定型発達の私たちにもわからないことなんだけど、けっこうちゅん平さんそのへん始末屋というかきちきちしているから。

けちなんすかね、やっぱり。

うん。けちなんだと思う。

もしかしたら世代的な違いかもしれないけど。ニキさんや私はやっぱりバブル世代なので自分への投資っていうのが時代の風潮だったのでね。鷹揚にリソースを投資しておくと、後になって返ってきたりするよね、っていう基本的な信頼を持っている世代なんですね。ちゅん平さんはその点景気の悪い時代に育ったし、けちっぽくもなるかもしれませんね。

親に世話させなきゃ損だとか、妹さんのほうが学費が高かったからずるいとか、そういう不思議なこと言っていた時期もありましたけど、いつかどこかで戻ってくると思えると、もっとラクになりますよ。学費なんて、学校が決めちゃうことだからね。

そうですね。

そう。ちゅん平さんにも妹さんにも学費を決める権利はないから。妹さんの学校に行って私の学校と同じくらい安くしろとは言えないからね。という風に考えたらどうでしょう。

はいっ！

他人を批判しなくなった

あと、他人に対して批判的じゃなくなりましたよね、ちゅん平さん。

そうですかあ?

「あの人はあれだからだめ」とか、そういうことを言わなくなりましたよね。

なくなった……。

逆に言うと、昔はあったということだけど。あの人はこうだからダメだ、とか。

どういうときに言ってました?

どういうときだろう……具体的に思い出せないなあ。私も喉元過ぎると忘れる脳みそなもんだから……。割合そういう人の批判みたいなのをときどきしていたと思うんだけど……。とにかく、最近はちゅん平さんの口から他人に対する批判は聞かなくなった。

色々な人がいる、ってわかったからですかね。

それは当然大きいでしょうね。色々な人がいて、なんか都合があるんだって思えれば。なんか都合があってああいう行いをしているんだろうな、と思えれば。

あと、「自分とは無関係だ」と思えるし。

あああ、そうか。勝手にやらせとけばいいや、って思えるんだ。そうだね。それ大きいかもしれないね。それを思っていないと、学級委員みたいに全部取り締まらなくちゃいけないし。取り締まりの役じゃないってわかったのは大きいですね。そうそう、それだわ。人の悪口はみんな言うけど、私もいっぱい言うけど、以前のちゅん平さんはお奉行様みたいに取り締まってた。

そうですね。色々なことを流せるようになってきています。

あ、その表現ぴったりですね。流せるようになりましたね。なんでだろう。やっぱり、背負わなくてよくなったから？

巨人がいなくなったからだと思います。

それに適度な疲れを覚えて、過集中の悪用も防げるようになったしね。ニキさんもある程度加齢して体力なくなって色々なことに腹が立たなくなったって言ってたなあ。

週五日通勤は、気持ちをラクにする

疲れっていえば、どうしてそもそも五日就労支援を受けようと思ったんですか？　最初一日だったでしょう？　それで二日になったでしょう？　でもなぜ五日？　びっくりしたんですけど。

あ、ほんとですか。

はい。

私も五日は無理かなあと思いながら。でも無理だったらじょじょに減らしていけばいいや、と思って。

五日やりたい、っていうのは自分から提案したんですか？

はい。

どうして？　五日働くっていうのは世の中的に求められていることだから？

それもありますし。

外に出ていたほうが気がまぎれるとか？

そうですね。やっぱりみんな五日就労していますから、私もやってみようと思って。

すごい決心でしたね。岩永先生もびっくりしていました。

あ、ほんとですか？

で、岩永先生がちゅん平さんの主治医瀬口先生（肥前精神医療センター）に会ったら、瀬口先生も最近藤家さん元気だって喜んでたっておっしゃってたって教えてくださいました。主治医の先生が言うんだから本当だろうなあと思って。

ふふ。五日働こうっていうのはそうですね、自分で決めましたね。あと一日でもあいている日があると、何をしていいかわからない、っていうのがあって。だから五日間きっちり働くことにしました。

で、平日は一人暮らし、土日はおうちに帰ってご家族と一緒に過ごす、という風に、毎週のスケジュールがかっちり固まっていることが、いいことなんですね。

はい。一日のうちでも、起きる時間も寝る時間もお風呂入る時間もきれいに決めていて、それの繰り返しっていう風に生活しています。

なるほど。

藤家さんのいいところ

ちゅん平さんの持ついいところは、私はやっぱり、理解力があるところだと思います。

理解力？

はい。あんなにカンチガイしていたのに、これだけのことを、時期が来て、色々な経験値が積み重なると、ぽんと理解できるでしょう。

あああ、それはありますね。

そういう理解力はやっぱりみんなが持っているわけではないので、理解力ってやっぱり立ち直ったり、ＱＯＬを上げるのに大事なんだなと見ていて思いました。そして、出版の人間だからそう思ってしまうのかもしれないけど、本好きの人の特徴だなとも思いました。本を読む人はやはり、知らない間に理解力を鍛えられています。

なるほど。

それから後は積極性ですね。花風社に原稿持ち込んだりだとか、就労支援センター

に自分でアプローチしたりだとか、要所要所で積極的に動いていますね。

そうですね。それはやはり長い間うつを経験してきて、誰も助けてくれないというのがわかったからだと思います。

誰も助けてくれないという気持ちはあるんですね？

誰も助けてくれないというか、自分が立ち上がらないとなんともならないという。そのことを知っているので、自分で動きます。都会のほうが色んなチャンスが多そうなのに、引きこもっている人が多いというのがもったいないですね。ありすぎて困るんですかね？

いや、そんなことないと思います。ドツボにはまっている間は、チャンスがあるかないかも考えていないかもしれません。

例えば、四十になっても五十になっても家にいてお母さんにご飯を作ってもらう生活って想像したことありますか？

ないです。

じゃあ今想像してみてください。そういう生活を。ハッピーですか？　アンハッピーですか？

アンハッピーだと思います。

そういう発想がないからじゃないかな、きっと。ちゅん平さんは向上心があって、週五日働けるようになりたい、とか思ったでしょう。そういう目標がありましたよね。必ずしも全員がそういう目標を持てるわけではないと思います。

そういう目標が持てるのはもしかしたら生まれつきかもしれないし、周囲に働き者の人が多くて、知らない間に教えてもらっているのかもしれない。周囲の文化がよかったのかもしれない。文化って知らないうちに学ぶことがありますからね。それがある人と無い人がいると思います。

そうですか。

私はその理解力と、要所要所で妙に積極的だったことが、身を救ったと思いますね。

ニキさんの本から学んだもの

あと、ニキさんのケースから学んだのは？

まず、レアなケースはレア、っていうことですね。

（笑）二人とも本当に不安が強いからね。

本当に怖かったんで。道歩いていても、どこからトラックが突っ込んでくるかわからない、とか。車が横転している事故とかに遭遇すると、「ああ、私はこういうのにめぐり合いやすいんだ」と思ったり。

あ、そうですね。そういう規則作ってましたね、よく。それがなくなったの？

なくなりました。

あと「自分の想像は当てにならない」っていうのが、たしかにそうだなあって思って。

まあね。『自閉っ子におけるモンダイな想像力』にニキさんが書いていたけど。想像が足りない、っていうのだけがモンダイなんじゃなくて、想像が過剰、っていうのも想像が当たらない、っていうのもモンダイなんですよね。それにニキさんだけじゃなくて、他のアスペルガーの人もよく言いますよ。自分の想像は当てにならない、って。

私はずっと当てになると思っていたんですよ。巨人の世界観だから。「こんなことを考えてこういう態度をとっているんだ」とか。

魔女だったからね。巨人のメッセージを読み取る役だったから。

そうなんです。でも違った。フツーの人間でした。

わははは!

しかもどっちかというと弱い。

わははは!

あと浅見さんから教わって役に立ったのは「世の中は分業」ということでした。

あ、それもわからないと世の中がナゾですよね。一人の人にすべてを求めてしまったり。

そうですね。がりがり人間からゆったり人間になった感じです。

とは?

私ぎすぎすしてたじゃないですか、体型が。で、太るだけ太ったら気がゆるくなったんですよ。

そうなの? まだ細いけどね、じゅうぶん。

けっこう、よくあるじゃないですか。うつになりやすいのは痩せ型だって。

そうなの?

心理学の授業で習いました。

抗うつ剤で太ってしまう人はいるけどね。でも今は、エネルギー節約できています

よね。全世界を背負っていたころに比べれば。

はい。あと「自閉のままでいい」というのがわかってよかったです。自閉治るとか言っている人はいるけど、治ればいいもんじゃないし。

治るっていう言葉がミスリーディングなんですよ。幅が広くて。どうやらアメリカではＩＥＰ（個別指導計画）を抜けると「treated」とか言うのね。だからちゅん平さんの今の状態なんか「治った」ことになるかもしれない。でも中味バリバリ自閉じゃない？

まあそうですね。

でしょ。だからそういう状況を治るっていう人もいるし、まるっきり人間改造みたいな状態を治るっていう人もいるし。けっこう治るっていろいろ人によって使う意味が違うから。でも自閉のままでもこれを知っていればかまわない、っていうのはそのとおりですよね。

それは浅見さんからも何度も言われてきたことですし。

うんうん。変人でいいんだよね。世の中的に言うと、変人も生きる場所はあるから。

社会は厳しいけど怖いものじゃない

あと、この「社会は厳しいけど怖いものじゃない」って、これ、わかりましたか？

う～ん。今体験している最中だと思います。

きっとそれは、チャレンジを乗り越えていくこととか、誰かに必要な助けを借りることを覚えていくことによって理解していくんでしょうね。厳しいなと思った場面を乗り越えていったりだとか、助けてくれる人が増えてきたりだとか、あと助けてもらう手段があるんだっていうことがわかったりだとか。

あ、それは大きいですね。

一人で「アスペルガーって苦労するんだわ」と思っているより、こういう手段が使えるんだとわかったらいいですよね。

はい。こういう行政サービスがあるんだとか。

困らな感

あと「困らな感に気づくこと」というのはどうでしょう？　困らな感ありますよね、ちゅん平さん。

はい。ありますね。

ニキさんとまたちょっと違うけど。

浅見さんから見て、どのへんにあると思いますか？

最初に大学生になったとき、一人暮らしできる？　ってきかれて「できる」って答えちゃうところが「困らな感」だと思いますね。自分の現状がわかっていないというか。

それから滞在先の中野のアパートから麻布の花風社の事務所まで、すごく重いお酒二本下げてきてくれたことありましたよね、ご実家に送っていただいてって言って。ああいうところも「困らな感」だなあと思います。よくニキさんも言うんだけど、持ち上げた瞬間に「持てる？」って訊くじゃないですか。そうしたらその瞬間は持てるから「持てる」って答えるのね。持ってしばらく歩かなきゃいけないんだという発想が無いの。

あとですね、私、自分がシナリオ係だったので、教えてもらわなくても知っている、って思っていたんですよね、色々なことを。だから大人になって知らないと、「なんでわからないんだろう、私」て考えたり。

え、どんなことを知っていると思っていたの？

世の中の保険のことだとか、年金のことだとか、教えられなくても知っているはずだ自分は、って思っていたんですよ。

それはないよね。最初から知っている人は誰もいない。教えてもらうか、調べないとわかる人は居ません。

はい。

でもかつてのちゅん平さんは、知っているはずだって思ってたんでしょうね。巨人がその知識を自分の中に送り込んでくれているはずだって。そりゃ困るよね。

はい。

じゃあそうやって、調べて、試して、自分の脳みそと世の中の折り合いを考えて、世の中に働きかけて、ＱＯＬをどんどん上げていっているわけですね。

私はふだん遠くに住んでいるけど、毎日毎日応援していますよ。

ほしい支援、いらない支援

さて、ではここからは、ほしい支援といらない支援についてちゅん平さんの意見を聞きます。まずは1　カウンセリングに望むことについて教えてください。

はい。

次のうち、望むことには○、望まないことには×と答えてください。できればその理由も教えてほしいです。

・なぐさめる○

落ち込んでいる時には心の底から同情してもらいたいです。

・カンチガイを取り除く○

カウンセラーが適切なアドバイスをくれると、その日のうちにカンチガイがなくなってしまうこともあります。

それはうつからの浮上をもたらすことがあるので、カウンセラーが当人の思い違いを発

見したら即座に取り除いてほしいと思います。

・思考のゆがみを正す×

カウンセラーは変わった人が多いので、それはやめてほしいです。私はあくまでも自閉症の専門の支援の場にそれを求めたいです。

スタンダードなマニュアルがあるもとで思考のゆがみを正した方が、患者間でブレが少なくなるような気がするからです。


カウンセラーの人って、そんなに変わった人が多いんですか？


カウンセラーの先生は、ものすごく当たりはずれが多いです。

一方的に自分の考えを述べるだけの先生や、先生の俺ルールを押し付けてくる先生など、色々な人がいます。

ものすごく怒る人もいて、何度も先生を変えてもらっている人もいます。

友だち口調で話す先生とかも過去にいました。

一風変わった人が多くて、統一感がありません。

その人たちに思考のゆがみを正されると、結局、カウンセラーのコピーが増えていくだ

けのような気がしています。

あ、そうか。自閉っ子は影響受けやすいからね。

だから、ある程度統一された教本がある場でゆがみを正してもらえればいいなと思いました。

じゃあそこの「思考のゆがみ」って価値観みたいなものなのかしら？　カウンセラーの人の価値観をまんまかぶってしまうと困るということかしら？

私は「思考のゆがみ」には価値観も大いに含まれると思います。

世代によっても思考のゆがみはあると思います。

価値観って、変わっていくものだから、その時々で思考のゆがみも変化していくと思いました。

でも、それだったら、患者にブレが生じてもかまいませんね。

価値観って人によってまったく違うものだから。

この質問、とても難しいです。

だけど、基本的な価値観は、まっとうな思考につながると思うので、一般的にこういうものなんだよ、ということを支援者に教わりたいと思いました。

難しいですね。つまり、私たち周囲の人間は、自閉っ子にツッコミ力があまりないことを前提に話さなくてはいけないということかもしれませんね。これは、私も気をつけなくてはいけないと思います。

・励ます×　どちらかといえば×です。

でも、軽症になってきたうつ患者への、「もう少しだね」とか「先生と一緒に頑張ろうね」とか苦労をねぎらった上での励ましはありがたい言葉なんじゃないかなと思います。そんなことを言える立場の人はなかなか現れないので、貴重な立ち直りへの一歩につながる気がします。

・叱る×　これも専門の支援の場に求めます。特に思い込みを直す場合に使ってほしいですね。

毅然と叱るという対処も必要な場面が出てくると思いますが、カウンセリングの場では求めません。

カウンセリングでは、ただ話を聞いてほしいというだけですね。

うつにはカウンセリングが重要だと思いますが、アスペルガーの特性を薄めたいという目的でカウンセリングに通っても、あまり効果はないと思った方がいいかもしれません。
私はそうでした。

じゃあ次も。望む支援には○、望まない支援には×で答えてください。できればその理由も教えてください。

・**作業を見つける○**　スケジュールを埋めなさいと言うなら、埋める何かも見つけてほしいです。
私は一時期、塗り絵をしていたことがあります。でも、あまり続きませんでした。パズルとかあえて時間を食ってしまうようなものを見つけてくださるとありがたいです。

・**身体作りを教える○**　健康な体がいかに日常に安定さをもたらすか、とくと説いてほしいと思います。

・居場所を作る○　家庭などで居場所を見つけられない人もいると思うので、場所を提供するというのは大切なことだと思います。

居場所を提供してもらって、そこに作業があったら最高だと思います。

・友だち作り○　これは、実際に友だちを作るというよりも、友だちを作りたくなった時のために、交流の仕方を教えておいてもらいたいという感じです。

友だちはいなくてもいいし、作りたいと思った時に探せばいいんだということを教えておいてもらうと助かります。

・茶話会×　重荷になるかもしれません。

話すことがなかったら、ただいるだけでいいよ、とよく言われることがありますが、当人はかなり気まずくなります。

・生きがい作り×　生きがいを持ったほうがいいと言われたら、ちょっと困ります。

これも重たいです。それより、順調に日々を過ごす方法を教えてほしいと思います。

あとがき

花風社　浅見淳子

藤家さんの回復ストーリー、いかがだったでしょうか？

この五、六年、藤家さんはなんとか自分の不安定な心と身体を安定させようと、もがき続けてきました。うまくいったかなと思ったときもあれば、長いトンネルに入り込んだ時期もありました。支援に出会い目覚しく回復した時期もあれば、支援を受けながらもプログラムに乗れない自分に苦しんだ時期もありました。

そして「どうやったら二次障害を乗り越え心身が安定するのか」「どうやったら家族への過度な依存から抜け出せるのか」を探り続けてたどりついた結論は、お読みいただければわかるとおり、本当にカンタンなものだったのです。

一人の発達障害者が安定した生活を回復するために、「官」も「民」もできることがたくさんあります。藤家さんもそれに気がつき、「官」と「民」のサービスを主体的に利用する

ことで、そして何より本人が前向きに努力することで、ここまでたどりつきました。

以前の藤家さんを知らない人から見れば、なんていうことのない成果かもしれません。でも彼女の以前の弱さを知る私から見れば、本当に夢のような大進歩です。

今では私は、九州に台風が来ても大雨が来てもひどく心配することはありません。多少調子を崩したとしても、きっと乗り切っているだろう、と安心できるようになりました。

先日、沖縄の発達障害支援の方たちと東京でお会いしました。以前藤家さんに、沖縄への講演に招待したいとお声をかけていただいたのですが、心身面でとうていそういう状態になく、お断りせざるをえなかったことがあります。「まだ無理でしょうか?」と訊かれたので「機会があればまたチャンスをあげてください。今なら遠い沖縄へ出かけることもできます」とお話しました。ただし「涼しい時期のほうがいいと思います」と付け加えはしましたが。

心身が安定することは、社会を広げます。視野を広げます。出会いを広げます。これからのちゅん平さんの人生にも、さまざまなことが待ち受けているでしょう。

これまでと同じように、姉のような気持ちで、時には厳しく、時には優しく、見守っていきたいと思っています。

自閉《じへい》っ子的《こてき》 心身安定生活《しんしんあんていせいかつ》！

2009年10月26日 第一刷発行

著者 藤家寛子《ふじいえひろこ》・浅見淳子《あさみじゅんこ》

装画 小暮満寿雄

デザイン 土屋 光 (Perfect Vacuum)

発行人 浅見淳子

発行所 株式会社花風社
〒106-0044 東京都港区東麻布 3-7-1-2F
Tel : 03-6230-2808 Fax : 03-6230-2858
URL : http://www.kafusha.com E-mail : mail@kafusha.com

印刷・製本 中央精版印刷株式会社

ISBN978-4-907725-76-1

自閉っ子は、早期診断がお好き

● 藤家寛子著 ●1600 円＋税 ● ISBN978-4-907725-69-3

なかなか気がつきにくい知能の高い自閉症。
知的に問題がないのなら、放っておいていいかって？
いえいえ、放っておいてはダメです！

放ったらかしの自閉脳は、ひっそりと誤解を積み重ねていた。この世を怖い場所だと思っていた。でもきちんと診断を受け、適切な支援を受けることで、世の中がだんだんわかってきた！ そうすると、生きるのが楽になった。身体さえ丈夫になってきた。

診断の大切さ、適切な支援の価値が当事者の言葉で生き生きと伝わる一冊。

自閉症と診断することは、本人にとってかわいそうなことじゃない。適切な支援があれば、本人にとっては早期診断こそ望ましい。

かわいい自閉っ子には、早めに正しい対処を！

◆目次より◆

・さよならちゅん平ワールド
　世界観が変わっていく
・リアルワールドへようこそ
・新しい生活
・目標